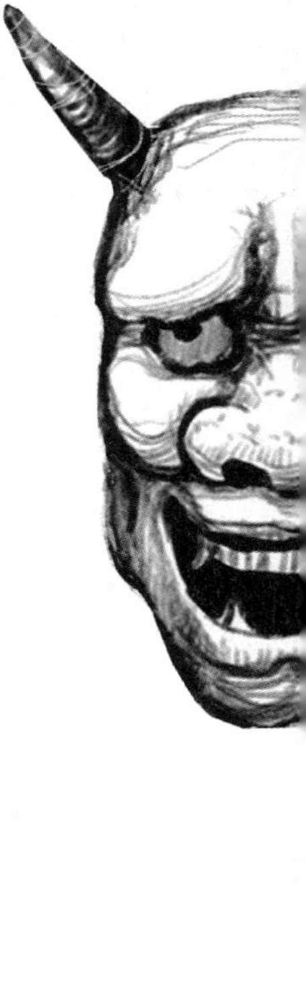

躲在幕后的那位戴着般若面具的神秘人

到底是谁?

进

THE EVOLUTION

何涛 著

化

江苏凤凰文艺出版社
JIANGSU PHOENIX LITERATURE AND ART PUBLISHING

图书在版编目（CIP）数据

进化 / 何涛著 . -- 南京 : 江苏凤凰文艺出版社 ,
2020.9
ISBN 978-7-5594-4355-7

Ⅰ . ①进… Ⅱ . ①何… Ⅲ . ①幻想小说 – 中国 – 当代
Ⅳ . ① I247.5

中国版本图书馆 CIP 数据核字 (2019) 第 300186 号

进化

何涛 著

出 版 人　张在健
责任编辑　王昕宁
特约编辑　刘　柳
装帧设计　UNLOOK · @广岛Alvin
责任印制　刘　巍
出版发行　江苏凤凰文艺出版社
　　　　　南京市中央路 165 号，邮编：210009
网　　址　http://www.jswenyi.com
印　　刷　三河市中晟雅豪印务有限公司
开　　本　880 × 1230 毫米 1/32
印　　张　8
字　　数　280 千字
版　　次　2020 年 9 月第 1 版
印　　次　2020 年 9 月第 1 次印刷
书　　号　ISBN 978-7-5594-4355-7
定　　价　39.80 元

端木重甲

龙心兰

三禾美智子

欧文博士

目录

序　章

夜已深，灯火璀璨的大都会由喧嚣嘈杂渐渐归于沉寂。保姆安琪收回望向落地窗外的目光，转过头打量着躺在床上的小主人。

小丽莎已经沉沉入睡，苹果般的小脸上还挂着浅浅的笑窝。这是一个健康活泼的女孩，刚刚度过她的三岁生日，老主人今年七十三岁，小主人是她的第一个孩子，也是她的掌上明珠。目前来说，照顾好小主人就是安琪存在的意义。

安琪盯着小丽莎看了一会儿，伸出手替她拉好被蹬开的毯子，然后蹑手蹑脚地退出了小主人的卧室。

老主人今晚有应酬，不会回来，机器保姆安琪是小主人唯一的守护者，所以她要格外小心。安琪打开安保系统，每个房间都巡视一遍，确认没有异常，才逐一关掉房间中的照明灯，迈着一成不变的小碎步穿过客厅，打算进入自己的充电卡座。

刚刚打开充电开关，安琪的拾音器接收到了一个轻微的音频信号，来自于身后，小主人的卧室。

那声音好像某种尖利的物体在玻璃板上轻轻划过，低于五分贝，几乎细不可闻，如果不是安琪的拾音器灵敏度已经调到最高，她根本就分辨不出。

安保系统没有发出警报，怎么回事？小丽莎醒了？安琪犹豫两秒钟，返身回到小主人卧室前，推开了房门。

窗帘不停地摆动，落地窗被割开一个方方正正的大洞，一名高大魁梧的黑衣人正站在小丽莎床前。听到房门开启，黑衣人转过头，静静地看着站在门边的安琪。来者脸上覆着高分子面具，分辨不出相貌，安琪只能看到面具后那双冷冰冰的眼睛。

入侵者！入室抢劫？视野中刚刚弹出这两条讯息，黑影猛然抬起手臂，火舌从他掌心中喷出，高速出膛的弹丸正中安琪眉心。

安琪重重地摔倒在地板上，一枚动能穿甲弹洞穿了她的脑壳。入侵者持有武器，极度危险！安琪想连接安保系统发出警报，可是她做不到，失控的电流在体内到处乱窜，她无法完成任何有效指令。安琪只能躺在地板上，四肢抽搐，眼睁睁地看着那名入侵者抱起昏睡不醒的小丽莎，将她塞进了一只背包里。

入侵者要带走小主人，必须阻止，必须阻止，必须……视野中闪过了最后一条讯息，然后，世界变黑了……

第一章

城市猎手

夜风污浊，夹杂着一股说不清道不明的味道，周围的民居中传出了音乐声、吵闹声、酒醉后的大吼或者哭喊声，甚至还有做爱的呻吟声。这城市真是一锅大杂烩，每个人都在这锅杂烩汤里起起伏伏，没有例外。

下城区，大都会的贫民区。这儿看不到漂亮的三维立体投影，也没有绚丽多彩的霓虹灯，到处都充斥着扑鼻而来的恶臭。对于大都会来说，下城区就是光鲜亮丽的袍子下藏着的虱子，是都市无法根治的恶疾。

某栋居民楼的楼顶，重甲蹲在一面半明半暗的广告牌后，漠然望着几十米外的某扇窗。窗帘拉着，屋里的灯光很昏暗，只能隐约看到两个模模糊糊的人影，似乎是一男一女。

重甲并不清楚这两人的名字，也不清楚两人的关系，但他根本就不在乎这些，重甲的任务只是录影取证，然后再把证据交给雇主。

窗帘后的人影拥抱在了一起，时机刚刚好。重甲伸手入怀，取出一个小巧的金属匣。他把右手拇指按在匣子上，两秒钟后，匣子侧面露出一个圆圆的孔洞，一只小小的侦察蝇从中爬出，舒展双翅，向着那扇窗飞去。

重甲拉起左袖，露出套在手腕上的个人终端机，点亮了电子屏。侦察蝇和他的个人终端是联机的，重甲能通过屏幕看到侦察蝇传回的图像，也能操纵侦察蝇飞行，其方式和操控小型无人机大同小异。

侦察蝇的个头比普通的苍蝇还要小一点，能悄无声息地潜入室内，令人防不胜防，而且装有接近360度的全方位摄像头和灵敏度极高的拾音器，能把看到和听到的一切全部发送给持有者，或者统统储存进体内的芯片里。这种侦察蝇算不上最新的科技产品，但它最适用于潜入侦察和窃取情报，是私家侦探的最爱，有很多次重甲都是利用它得到了最有用的信息。

侦察蝇落在玻璃窗上，悄无声息。窗子关得并不严实，留着一条窄窄的缝隙，侦察蝇能轻而易举地爬进去。重甲操控侦察蝇爬进缝隙，几秒后，两具交缠在一起的身体出现在了终端机画面里。

搞定，剩下的事可以交给侦察蝇自己去完成。重甲开启自动录影模式，摸出香烟，点上火闷闷地抽了一口。

最近生意越来越难做了，每次只能接到这种毫无难度的小任务，赚不了几个钱，只能白白消耗时间。重甲是猎手，不应该做这种无聊透顶的事，可也没办法，更多更好的机会只属于居住在上城区的那些人，他们拥有人类社会绝大部分财富，他们高居于权力金字塔的顶层。而重甲和绝大多数普通人一样，只能享用那些所谓的人类精英遗弃下的残羹剩饭。

十余分钟后，侦察蝇翩然飞回，轻盈地落在重甲手臂上。取证成功，那对男女完全沉醉在那种经久不衰的床上运动之中，居然一无所觉。重甲再次打开金属匣，看着侦察蝇爬进去，然后收好匣子，起身抛去烟头，用脚碾得粉碎。

夜空喧嚣依旧，没人觉察重甲做了什么，甚至没有人留意到他的存在。对于很多人而言，重甲就是一个来去无踪的幻影。

隐隐约约的嗡嗡声隔空传来，有一架警用巡航无人机正在迅速飞近。几秒后重甲就会出现在无人机的摄像头内，似乎来不及走楼梯了。重甲不想被无人机拍下来，他做的事并不在法律许可范围之内。

重甲略一思索，关掉全息屏，向护栏方向小跑几步，然后腾身而起，从二十三楼楼顶一跃而下。

一扇扇长窗擦肩而过，风迎面而来。某扇窗内，一位年轻女孩看到了凌空飞出的重甲，她掩住嘴巴，瞪大双眼，似乎想发出一声尖叫。但没等重甲听到叫声，那女孩的脸就消失了。

看看离地面的高度差不多只有十几米，重甲不慌不忙地转过身，在腰间轻轻一拍。一枚拖曳着缆绳的合金钩爪从腰带间激射而出，越过数十米距离，不偏不斜地钩在楼顶护栏上。

几秒后，重甲就稳稳地站在了一条小巷里，他再次按动腰带，钩爪脱落，缆绳收回，悄无声息地缩进腰间。几只受惊的老鼠从脚下飞快爬过，钻进了一旁的垃圾堆。重甲若无其事地整整衣服，左右看看，才举步踏出巷口。

次日下午，重甲来到了位于忒弥斯酒店底层的酒吧。

酒吧装饰似乎是一两个世纪前的风格，水晶吊灯，橡木地板，绘有正义女神忒弥斯画像的主题墙，豪华又不失庄重。没有摄像监控，没有立体投影，除了吧台后那台铮亮的机器侍应，在这儿几乎领略不到现代科技的气息。

“麦芽威士忌。”重甲信步来到吧台前，将一片指甲盖大小的磁盘放在吧台上，然后向机器侍应竖起了一根手指。正在擦拭酒杯的机器人立即闪到重甲面前，迅速把磁盘收进体内，并替他斟了一杯酒。

吧台后的酒柜擦拭得干干净净，纤尘不染。玻璃板上映出了重甲的脸孔，满脸胡子茬儿，浓密如刀的双眉下，目光冷漠阴沉。重甲知道很多人都怕他，因为他的眼神太凌厉，所以外出时他经常戴着墨镜，用来隐藏自己的目光。

重甲端起酒杯举到唇边，回过身用漫不经心的眼光打量着四周。当然，他的目的并不是喝酒消遣，除了交送任务资料磁盘之外，重甲还想接到新的任务。忒弥斯酒吧是为赏金猎手提供中介的地方，在这儿，你不必去见雇主，雇主也用不着见你，可以省下很多不必要的麻烦。此外还有最重要的一点，他们的中介费很公道。

客人不多，靠近角落的位置坐着一位陌生女子，正在静静地看着自己的个人终端。那女子身着天蓝色套装，五官精致，肤色白净细腻，有着长长的乌发和黑色的大眼睛，却又有欧美人的深眼窝和高鼻梁，或许是混血儿。

黑发女子的眼睛很美，如同两汪清澈的山泉，看不到半点杂质，与重甲记忆中那双眼睛几乎没有区别。

从衣着的精致程度来看，这位女子像是某家公司的高级职员，但直觉告诉重甲，她没那么简单。陌生的外地人，独自出现在忒弥斯酒店，又在酒吧逗留不去，其目的只能是雇佣赏金猎手。

重甲盯着陌生女子看了几秒钟，又转向机器侍应，问道："老铁，有没有新任务？五千信用币以上的。"

"暂时没有，端木重甲先生。"机器人彬彬有礼地向重甲欠了欠身，又补充道，"我发觉你留意到了那位女士，去和她谈谈吧，十五分钟前，她问起过你的名字。”

“问起过我的名字？”重甲略感诧异，不觉微微挑起了双眉，“她有谈到别的吗？”

“抱歉，重甲先生，除了悬赏者的姓名和价码，我既不了解也无权透露其他信息。”

忒弥斯只负责为猎手提供中介服务，从来不过问任务性质和内容，这一规则也许是忒弥斯酒店能够存在至今的主要原因。可惜的是，赏金猎手这一职业的性质已经完全变了，不再是单纯的追捕逃犯，只要赏金价码足够高，很多猎手什么活都乐意干，甚至包括杀人。

端木重甲是猎手中为数不多的例外之一，他有自己的原则。

“在等人？”重甲走到黑发女子身边，径直坐在了她对面。黑发女子好像一点也不觉得奇怪，抬起头镇定地看着重甲，嘴角忽然浮出了浅浅的笑窝，“对，在等你。”

“你认识我？”重甲凝目端详着黑发女子，努力在记忆中搜寻对方的信息，最终却一无所获。他悄悄把左腕的个人终端对准黑发女子，终端机迅速扫描了黑发女子体貌特征，把信息回馈至电子屏幕上。

物种：正常人类。

性别：女。

姓名：不详。

年龄：不详。

国籍：不详。

个人身份资料：不详。

“见鬼！”重甲被这一连串的不详弄蒙了，抬起终端机审视一遍，又悄悄对准附近的一名顾客。终端机迅速给出了对方的身份资料，好像没什么异常。

看来眼前这位黑发女子有些不同寻常。重甲满怀狐疑地打量着黑发女子，一时不知如何开口。

黑发女子把双臂抱在胸前，平静地迎着重甲略带惊异的目光，“端木重甲，男，三十三岁，前特种部队猎豹突击队成员，以勇猛顽强著称，曾多次获得嘉奖，退役后……成为一名赏金猎手。”

重甲的眼皮微微一跳，缓缓放下酒杯，沉声道：“你在调查我？”

“不好意思。”黑发女子莞尔一笑，“我需要一个像你这样的人，所以就查了许多赏金猎手的背景。”

这个回答并没有让重甲的不快有所减退，他沉着脸道：“为什么？”

“不必紧张，我只是想请你帮我找一个人而已。”黑发女子直视着重甲，表情依旧从容淡定。

重甲问的并不是对方需要他做什么事，而是为什么要调查他。显然，黑发女子刻意回避了答案。不过，只是找一个人而已，并不违背重甲的原则。

“酬金？”重甲没有询问要找谁，酬劳才是他最为关心的事。最近接到的全是一两千信用币的小单，这让他心烦意乱。

黑发女子再一次笑了，左手伸向腰间，抽出来时，手里已经多了一叠崭新的信用币。她把信用币放在两人中间的木桌上，缓缓推到重甲面前，“两万信用币，预付一半。”

现金结算，这女子很清楚赏金猎手的行规。重甲没有碰那叠信用币，而是满含疑虑地盯着对方。花两万信用币去找一个人，这个价码实在有点高，高到让人难以置信。

只不过是找一个人而已，需要这么高的酬劳吗？

似乎看出了重甲的心思，黑发女子再次淡淡一笑，解释道："之所以给你这么多，有两个原因。第一：要找的并不是普通人；第二：则是因为我有个特殊要求，这次委托，我要全程参与。"

重甲隐隐有点不快，倒不是因为这个特殊要求，而是因为对方擅作主张的态度。不少猎手都喜欢组队，但重甲是个例外，他喜欢独来独往。重甲原本想拒绝，但想了又想，最终还是改口道："好吧，但我有言在先，我有自己的调查方式，不需要别人对我指手画脚。"

"没问题。"黑发女子痛快地点了点头。

"那么……你要找什么人？"犹豫片刻，重甲终于问出了这个问题。

"马洛克，和你一样，也是一位赏金猎手。"

马洛克，男，三十五岁，贪财，残忍，只要酬金足够高，他什么事都干得出来。重甲见过马洛克，也曾听过关于他的一些传闻，不少老客户都喜欢雇佣这个心狠手辣的家伙。

需要雇佣赏金猎手去寻找另外一名赏金猎手，看来马洛克这个混蛋得罪了某些惹不起的人，不得不躲了起来。看着黑发女子镇定自若的双眼，重甲隐隐浮出了一种不好的预感。

这次的任务将会十分棘手。

"成交。"重甲沉思片刻，端起酒杯一饮而尽，收起了信用币。

第二章

初战失利

夕阳染红了小半个天幕，忒弥斯酒店的玻璃幕墙也被染成了一片金红。重甲跟着黑发女子踏出酒店大门，习惯性地四周扫视一眼，才迈步走向自己的电动机车。

“公民们，公民们，请问我们活着的目的是什么？难道是为了所谓的社会责任和历史使命吗？不，不是，我们是为了我们自己能够幸福快乐！追求幸福快乐，是地球上每一位公民的合法权利。可现在，有人要剥夺我们的权利，把我们纳税人辛辛苦苦挣来的钱白白扔向遥远的太空，却对这颗星球上仍然贫穷饥饿的人民视而不见！他们要我们节衣缩食，就是为了重启那个早在20世纪60年代就被放弃的‘猎户座计划’①。现在，我重申：为了保护我们与生俱来的权利，我要坚决反对……”

“说得好！”

“对！追求幸福是咱们每个人的合法权利！”

---

① 猎户座计划：1958年，美国科学家计划建造一艘庞大的太空船——“猎户座”，使用核动力，搭载数十名宇航员前往火星、木星或土星。该计划聚集了当时世界上最优秀的科学家，但由于各种原因，猎户座计划在1965年被美国政府秘密叫停，许多相关资料至今尚未解密。

“仅启动资金就需要上千亿，提出议案的人肯定是个白痴！”

“说得对，咱们不需要星际移民！”

“让那个狗屁猎户座见鬼去！”

……

人声鼎沸，酒店前的露天广场聚集了足足上万名市民，围绕在一个临时搭建的平台四周。平台上，一位衣冠楚楚的中年人正手握无线麦克风大声疾呼。似乎是某位参选议员在进行竞选演说，并且凭借他的三寸不烂之舌成功赢得了围观群众的阵阵喝彩。

猎户座计划，重甲对此略有耳闻，好像是几十位科学家联名提出的太空移民计划，目的地是木星（太阳系内最大那颗行星）的一颗卫星，木卫二。

重甲并不关心政治，站在平台上那位议员姓甚名谁重甲也不知道，但他知道对方的演讲太过夸张。贫穷确实存在，而饥饿早就不存在了，福利院会定期发放生活保障，即使没有工作的人也用不着因为衣食而担心。

但是，太空移民计划耗资巨大，据说要以千万亿来计算，需要星球理事会全方位缩减开支才能维持。星际移民没有任何收益，放着地球上仅仅依靠生活保障金度日的人不管，把大笔金钱白白丢进虚无浩渺的太空，确实有些不应该。

重甲又向聆听演讲的人群瞥了一眼，抬手指指自己的电动机车，提议道：“上车吧，你可以坐在我身后。”

“不用，我有车。”身边那位过分性感的同伴皱起了眉头，显然有些嫌弃这辆破旧不堪的机车。重甲顺着她的目光看去，一辆锃亮的电动轿车正停在不远处，车身是漂亮的火红色，十分惹眼。那是最新款的特斯拉3000，外观极具未来感，由两块金属氢电池供电，容电量大，续航能力强，乘坐舒适，而且必要时还可以切换为手动驾驶，比重甲那辆老掉牙的双人机车气派多了。

重甲耸了耸肩，“那好吧，随你。”

两人坐进电动轿车，重甲刚在副驾驶位置坐稳，黑发女子就头也不回地问：“现在，我们去哪？”

“下城区十三大街，美人鱼旅店，马洛克在那里有一间包房。”赏金猎手有专属的信息网，重甲知道很多猎手的藏身之所。

黑发女子点点头，在中控面板上输入目的地，启动了车子。电动轿车缓缓驶出车位，驶上大路，之后骤然加速，迅速融进了五光十色的茫茫车流中。

无人驾驶的电动车在滚滚车流中风驰电掣，街道两侧的霓虹灯和各种全息投影从车窗外飞掠而过，在两人身上撒下了摇曳不定的光斑。

车子里有股若有若无的幽香，或许是黑发女子喷了香水，又或许是她的体香。重甲转过头，偷偷打量着黑发女子的侧脸。

黑发女子看上去就是一个刚满二十岁的女孩子，青春无敌，靓丽动人。但重甲知道，他的眼睛靠不住，看到的未必就是真相。

黑发女子的真实年龄也许是三十岁，甚至是四十岁、五十岁或者更大。基因科技的飞速发展让某些人得以青春常驻，当然，只是“某些人”而已，并不包括端木重甲。

时至如今，由于医学及基因科学方面的重大突破，人类的自然寿命得到了大幅提高。目前，全球人类的平均寿命已经达到了一百岁，如果你足够富有而且舍得花钱，活到二百岁甚至二百五十岁也不是什么稀罕事。如今，仅仅依靠外表已经无法判断人类的真实年龄，大街上和夜店里那些看似活力四射的青年男女，有可能全是已经超过一百岁的老人。

遗憾的是，高度发达的科技并未消弭贫富差距，反而加速了贫富差距的扩大。智能机器广泛取代了人工，大批人类找不到工作，失业者就只能依靠政府发放的生活保障金度日，其中就曾经包括端木重甲。

“凡有的，还要加给他，叫他有余；没有的，连他所有的也要夺过来。”仿佛为了印证《圣经》里的这句话，人类社会陷入了富者愈富、贫者愈贫的恶性循环。

生活保障金可以不让你饿肚子，贫困救济房可以不让你受冻，但这些距离幸福快乐的生活却过于遥远。在福利院领了半年多保障金后，重甲决定换一种活法，他走进忒弥斯酒店，成为一名赏金猎手。凭借在陆战队服役时磨砺出的过人身手，重甲很快就闯出了名头。当然，与日俱增的还有他的钱包。

太阳沉到了地平线之下，天空由淡青色渐渐转为深黛色，最终，苍茫的夜色遮蔽了整个天幕。

五颜六色的光柱从光井中喷薄而出，把整座城市映得亮同白昼。摩天大楼密集拥挤，如同林立的山峰直指夜空。每一栋楼面上都变幻着巨型广告投影和七彩虹光，令人为之目眩。

电动轿车逐渐放慢速度，目的地到了。下城区的灯火远没有上城区那么光彩夺目，显得有些昏暗。破败、杂乱、肮脏、拥挤，下城区占据中州市总面积的20%，却拥有将近整个都市70%的人口。

行人很多，街头熙熙攘攘，即使有着隔音良好的车窗，也能感受到那种扑面而来的嘈杂。

重甲看看街道两侧林立的建筑群，再看看络绎不绝的人流，提议道："这儿罪案发生率很高，而你这辆车又有些引人注目，最好先不要靠近，等我找个朋友帮你看着。"

轿车灵活地穿过人群，稳稳地停在美人鱼旅店门前。黑发女子微笑着回应道："不用担心，车体能改变颜色。"

跨出轿车后，重甲回头一瞥，电动轿车果然换成了灰黄相间的外壳，某些地方还带着锈痕，看上去肮脏破旧，似乎已行将报废。车体肯定采用了记忆金属或者光学迷彩，不是什么高新科技，不过重甲还是吹了一声口哨，用来表示自己的惊叹。

"对了，自我介绍一下，我叫龙心兰，龙凤呈祥的龙，兰心蕙质的心，兰心蕙质的兰。"黑发女子侧过身，大大方方地向重甲伸出了白嫩嫩的手掌。夜风吹过，似有无数星光在她眼眸中隐隐闪烁。

"重甲，复姓端木。"重甲简洁地予以回应，并握住对方的小手摇了摇。她的手掌凉凉的，很软，就像没有骨头。

电梯徐徐上升。重甲抽出随身手枪，卸掉弹夹检查了一遍。龙心兰对他的举动视若无睹，镇定地看着不断变幻的楼层指示灯。重甲微感好奇，问道："你带武器没有？据我所知，马洛克可是一个心狠手辣的家伙，一言不合就会大打出手。"

龙心兰点点头，伸手入怀，但取出的并不是枪械，而是一副无框眼镜。她戴上眼镜，转过头看着重甲，叮嘱道："我只需要问马洛克几个问题，如果没有必要，最好不要动手。"

"听你的，你是雇主。"重甲不以为然地耸耸肩，又把手枪插回了腰间。

十三层到了，电梯门悄然滑开。重甲跨出电梯轿厢，辨认一下门牌号，然后向左一指。马洛克的房间是1308号，那儿就是他们的目的地。

走廊安静昏暗，听不到有人说话，看来这家旅店生意很清淡。两人一言不发，沿着走廊向1308号房走去，尚未走到门边，龙心兰忽然伸手拦在重甲身前，低声道："房间里有两个人。"

原来龙心兰那副眼镜不仅能分辨热源信号，还兼具透视功能。重甲盯着架在龙心兰鼻梁上方的无框眼镜，随口道："或许马洛克正在享受特殊服务。"

重甲放轻脚步，凑到门外侧耳细听，果然听到了细碎的呻吟声，看来他猜得没错。龙心兰走过来，抬手就要拍门，重甲急忙按下她的手腕，并竖起食指放到唇边，做了个噤声的手势。

龙心兰侧过脸看着重甲，眉宇间带着几分疑问。重甲摸出装着侦察蝇的金属匣，这才轻声解释道："不能惊动他，看到有陌生人，马洛克肯定会逃之夭夭。你这副眼镜能透视对吧，帮我看看门后有没有机关。"

龙心兰点点头，抬手按住眼镜边框，对着房门审视片刻，又摇头道："只有一把老式防盗锁。"

用不着侦察蝇出场了，这种眼镜倒挺方便，以后也要想办法搞一副。重甲收起金属匣，抽出手枪，深吸一口气，飞起一脚踹在门框上。

轰然一声闷响，铰链断裂，门板脱离门框，重重拍落在地。房间里的呻吟声戛然而止，然后响起了一声分贝极高的尖叫。重甲毫不迟疑，闪身掠进房间，举起手枪，指向声音传来的方向。

马洛克赤身裸体地坐在客厅里的长沙发上，满眼惊异地盯着破门而入的重甲；一个同样赤身裸体的女子正跨坐在马洛克怀里，浑身僵硬，满脸惊恐之色。

“你是……端木重甲？你他妈要干什么？”马洛克认出了重甲，惊异之色渐渐褪去，转变成了一脸怒气。

“不干什么。”重甲对马洛克满含怒火的眼神视若无睹，满不在乎地摆摆手枪，补充道，“只是有位朋友想和你谈一谈。”

“谈什么？”马洛克想推开身上那女子，但重甲立即上前扣住了他的手腕，冷冷地道：“就保持这样吧，不要轻举妄动。”

龙心兰走进房间，对依旧缠在马洛克身上的女子略一打量，随即把目光转到马洛克脸上，说道：“关于七天前的一桩幼儿失踪案，我想和你谈谈。”

“幼儿失踪案？”马洛克顿时脸色大变，警惕地盯着龙心兰，反问道，“你是谁？”

龙心兰冷冷地看着马洛克，“我是谁并不重要，重要的是，小丽莎在哪里？”

“我他妈怎么知道？”马洛克低下了头，目光左右游移，似乎在琢磨脱身之策。重甲抬起枪管对准他的脑门，摇头道：“老实交代，不要打歪主意，我这把枪可是上了膛的。”

“他妈的！我根本不明白你们在说什么，更不认识什么小丽莎！”

“不要狡辩。”龙心兰目光冷厉，有如刀锋，“我明白你做过什么。”

马洛克与龙心兰对视了几秒钟，稍稍移开视线，低声道：“在我开口之前，能不能让我把衣服穿上？”

“不不不，”重甲摇摇头，“现在这样挺好，把你的两只手都放在我能看得到的地方。”

“他妈的！那我抽支烟，行不行？”马洛克喃喃咒骂。重甲漠然点头，“这个倒是可以。”

马洛克抱着那女子的双手缓缓松开，从茶几上抓起烟盒和打火机，抽出一支香烟叼在嘴上。他把打火机凑到嘴边，似乎想点烟，但随后双手扣住怀中那女子的腰肢，两臂猛然发力，将那女子向重甲抛去。

裸体女子挡住了视线，重甲急忙侧身闪过，仍旧把枪口指向马洛克。但出乎预料的是，对方并没有扑过来，而是赤身裸体地向临街的长窗扑去。一声爆响，窗玻璃难以承受强壮男性的全力猛撞，顿时轰然破碎。

这一招出乎意料，重甲完全没有防备，只能眼睁睁地看着马洛克凌空跃出了窗外。

这可是十三楼，这小子难道想自杀？重甲和龙心兰对视一眼，随即箭步冲到窗前，探身向外看去。

窗外夜色茫茫，马洛克全身悬空，急速坠向地面。他却不慌不忙，在空中转过身体，举起攥在手里的打火机按了一下。

重甲正在惊异，却听到一阵尖利的嘶鸣声从身后响起。刚刚回过头，一道光焰从房间的某个角落里腾空而起，敏捷地飞出窗口，划过一条弧线，向半空中的马洛克追去。

仅仅几秒钟，那道光焰就赶上马洛克，放缓速度，在夜空中伸展开两支长长的金属翅膀。折叠飞行翼，原来马洛克这小子早就备好了逃生手段，他拿在手里的打火机实际上就是飞行翼的遥控器。

马洛克伸手抓住飞行翼中段，回过头傲慢地看着重甲，抬起另一条手臂，向呆滞而立的重甲比出了中指。飞行翼根部再度喷出两道光焰，速度骤然加快，直奔茫茫夜空而去。

“真他妈见鬼！”重甲暗暗恼火，举起手枪，对准了迅速飞远的马洛克。旁边的龙心兰急忙伸手按下他的枪管，“不行，我需要他活着。”

重甲无奈地放下手枪，眼睁睁地看着马洛克消失在夜空中。

第三章

突然死亡

周围昏暗嘈杂，两个已经半醉的中年人正在大声唱歌，空气中弥漫着酒气、廉价香水以及体臭的混合气息，令人呼吸不畅。

“那个幼儿失踪案是怎么回事？”重甲端起酒杯举在面前，凝视着坐在对面的龙心兰。

在旅店大闹了一场，结果却一无所获，因为害怕警方介入，两人匆匆离开美人鱼旅店，来到了中城区一家偏僻的小酒吧。

龙心兰似乎不太适应这种场合，来到酒吧后就一直皱着眉头。听到重甲发问，她摘下无框眼镜收进怀里，抽出手臂，手指间已经多了一张照片。她把照片放在桌上，缓缓推到重甲面前。重甲低头看了看，照片中，一位金发碧眼的小女孩正甜甜地笑着，那笑容异常灿烂。

“几天前，本市发生了一起案件，年仅三岁的幼女丽莎在自己的卧室离奇失踪。警方没能查出什么有用的线索，小丽莎的父母心急如焚，就通过朋友联系了我，希望我能找回他们的女儿。

“小丽莎失踪当晚，他们家的机器保姆安琪也被击毁，强电流烧毁了机器保姆的核心芯片，警方无法修复。幸好我有位朋友精于此道，他还原了部分数据，并成功提取出一张照片。经过透析软件的梳理和识别软件的比对，最终得到了四名嫌犯的身份资料，其中一个正是马洛克。我调查过他们的行踪，另外三人都有不在场证据，马洛克嫌疑最大。”

说完这些，龙心兰收起照片，定定地看着重甲，补充道：“这就是我必须找到马洛克的原因。”

绑架幼儿，为什么？难道是为了贩卖器官？不过，当前3D打印人体器官已经算不上什么高科技，根本用不着多此一举。

不论原因为何，绑架天真可爱的孩子，这种行为实在无法忍受。重甲又盯着照片看了一会儿，抬头道：“我会帮你找到他。”

龙心兰眉宇间浮出了一抹焦虑，“这个马洛克很狡猾，我原本用终端机扫描了他的体貌特征，都市内监控系统无处不在，只要他出现在任何一个摄像头下，我很快就能得知他的位置。可马洛克不知道用什么办法躲过了监控系统，至今我的终端机还没有收到任何信息。这次我们打草惊蛇，恐怕很难再找到他了。”

这位黑发女子的个人终端机能够连接都市内的监控器，似乎来头不小。不过，管她什么来头呢，只需找到马洛克，挣到那两万酬金就好，别的事和他端木重甲全无关系。

重甲盯着龙心兰看了一会儿，不动声色地拉起左袖，露出手腕上的个人终端，“不要紧，我有办法找到那小子。”

龙心兰疑惑地挑起双眉，“你有什么办法？”

“我和马洛克有过一次小小的肢体接触，你还记得吧。我早就知道他是个狡猾的家伙，于是就乘机在他手腕上涂了一点点纳米粘附剂，那玩意儿粘附性极强，很难清洗，一般来说，会在皮肤上保留七天左右。而且粘附剂能间歇发送极微弱的低频电磁波，只不过每次发送时间只有零点五秒，普通的探测器来不及对它做出任何反应。我的终端机标记过粘附剂，所以，这七天之内，无论马洛克逃到哪里，我都能找到他。”

龙心兰用略带诧异的目光打量着重甲，半晌，嘴角微微一翘，笑了，“太棒了，我果然没有看错人。”

重甲漫不经意地摆摆手，将杯中酒一饮而尽，“小意思，每个赏金猎手都有自己的手段。马洛克有瞒过监控器的手段，我也有找到他的手段。”

一个半钟头后，重甲和龙心兰来到了城郊，他们的目的地是郊外的一栋别墅，终端机显示，马洛克就在那里。

距离还有将近一公里，龙心兰就停下电动轿车，从怀里摸出无框眼镜戴在脸上，打量着远处那栋小小的别墅。重甲也摸出手枪，戴上了自己的热源眼镜。

别墅坐落在一片树丛边，是传统的西式建筑，只有上下两层，破旧不堪，瞧上去毫不起眼。外面的木制栏栅高矮不一，断掉了一半还多，上面缠满已枯萎的蔓藤，似乎早已无人居住。夜色深沉，无星无月，别墅内也没有灯光，像极了恐怖电影中的鬼屋。

距离有点远，超出了热源眼镜的可辨识范围，重甲转向龙心兰，问道：“能看到什么吗？”

“看到了，只有客厅里有一个人，应该就是马洛克。”龙心兰在腰间摸出一把小巧的自动手枪，推弹上膛，叮嘱道：“我走前面，你走后面，我们分头包抄，这一次绝对不能再让他跑掉。”

“放心，上次是我疏忽了，这次绝对不会让这小子开溜。”重甲也推弹上膛，打开了车门。

没有风，周围一片寂静，只能听到草丛在脚下沙沙作响。重甲曾听父亲说过，在父亲小时候，每到夏季，野外的夜满是虫鸣，或悠扬，或婉转，或低沉，或高亢……悦耳动听，足以令人忘却炎夏的燥热。

可如今，随着人类的生存范围不断扩大，这些昆虫的生存空间却在不断缩小，时至如今，已经很难听到虫豸的鸣叫了。父亲曾经说过：人类是不知悔改的物种，攫取石油、砍伐森林、破坏环境、灭绝生物，毫不吝惜地挥霍着大自然的恩赐。地球生态圈已被严重破坏，长此以往，人类终将走向自我灭亡。

环境保护者一直在呼吁保护生态环境，各国政府及联合政体也认识到了保护环境的重要性，并提出了多种举措，全面推行电动车辆就是其中之一。可是，除非人类停止繁衍，并停止一切危及生态环境的行为，否则，人类对大自然的破坏就不可能彻底消除。

重甲摇摇头，停止胡思乱想，绕到了别墅后。眼前是一个早已干涸的游泳池，布满落叶，木质栏栅倒塌了一大半还多。重甲穿过栏栅，放轻脚步，来到后门外。门关着，但是门上的玻璃长窗已经没了玻璃，可以轻而易举地穿过去。

手腕上的终端机微微震动，那是信号，龙心兰已经就位。重甲探头向房间里看了一眼，没有异常，似乎没什么暗藏的机关。热源眼镜能够分辨出一个人影躺在客厅内，估计马洛克正在睡觉。重甲放下心来，抬起右腿，跨过了玻璃长窗。

左脚刚刚落地，一个尖锐的声音就在脚下响起，“主人，有人来了！

主人，有人来了！主人……”

重甲大吃一惊，低头看看，却是紧挨着后门的地面上放着一个小小的玩偶，正手舞足蹈，不住发出怪腔怪调的叫喊。马洛克把这玩意当作了报警器。重甲急忙抬脚猛踹下去，玩偶的叫声顿时戛然而止。

他妈的，不知道马洛克会不会再次逃跑。重甲急忙抬头向客厅内看了一眼，马洛克仍然平躺着，一动未动，此外客厅内还站着一个纤秀的身影，应该是龙心兰。

又他妈差点儿搞砸！重甲心中懊恼，快步穿过走廊，冲进了客厅。

客厅内一片狼藉，到处都是空酒瓶和食品包装袋，茶几和沙发也全部倾倒。龙心兰低着头，默默地看着地板上的一具尸体。那是一位满脸络腮胡的壮汉，上身赤裸，嘴巴半张，两只拳头紧紧地攥着，已经没了光彩的眼睛中还凝固着几丝惊惧和愤怒。

马洛克，已经死了。

尸体全身上下都看不见伤口，不是枪杀，也不像中毒，暂时不能判断死因。但可以确定的是，马洛克绝非正常死亡，有人知道重甲和龙心兰正在追查他，所以抢在前面杀掉了马洛克。

重甲蹲下身看着马洛克的尸体，默默不语。尸体还没有完全变凉，死亡时间最多不会超过半个小时，他们来晚了。

“暂时看不出致死原因，有点奇怪。”

“等下我通知警局，他们会做尸检，然后就能知道凶手是怎么杀的他。不过，死因并不重要，重要的是找出凶手是谁，然后我们才有机会找到小丽莎。”

仅仅因为一个幼儿绑架案就要杀人灭口？马洛克到底参与了什么？又是什么人杀了他？浓浓的疑惑涌上心头，重甲不由得抬起头，看向龙心兰。

龙心兰并没有留意重甲，而是看着自己的终端机，似乎在扫描着什么。几分钟后，她又戴上手套，从地板上拿起一个半空的玻璃酒瓶仔细端详。重甲沉默片刻，看龙心兰并没有停下来的意思，忍不住问道：“你在看什么？”

“二十分钟前，有位女人来过，或者说，她在这里等着马洛克。”龙心兰把酒瓶原样放好，解释道，“地板上不只有马洛克一个人的脚印，我仔细扫描过，另外一个脚印是高跟鞋留下来的，应该是个女人，而且是马洛克很熟悉的女人。”

“有道理。”重甲点头赞同，“马洛克这小子非常机警，身手也很了得，没那么容易被人干掉。”

“凶手和马洛克的关系应该非同一般，”说完这句，龙心兰又摇了摇头，“可惜，仅仅凭借脚印查不出她的身份。”

“还有别的线索吗？”

“没有了，那个酒瓶应该是凶手丢掉的，但是她很细心地擦去了指纹，连唇纹也没留下。”

“未必尽然。”重甲俯下身，掰开了马洛克紧攥的双拳，“让我们看看他攥着什么。”

尸体的左手空无一物，右手掌心内却残留着几根细细的发丝。马洛克临死前挣扎过，揪掉了凶手的一缕头发。

龙心兰微微挑起眉毛，显然，重甲的表现再一次让她感到了吃惊。重甲轻轻拈起发丝，站起身来，“有了这个，我们就能查出是谁杀了马洛克。”

两人回到车上，龙心兰取出一个塑料袋，把发丝装进去，看着重甲道："刚刚后门是怎么回事？动静那么大。"

重甲尴尬地挠挠头，摘下自己的热源眼镜，道："马洛克在门下放了一个报警器，这玩意看不出来。"

龙心兰随手打开置物箱，从中取出另一副无框眼镜递给重甲，"这是最新款的智能眼镜，送给你，你那副热源眼镜已经老掉牙了，扔了吧。"

重甲暗自窃喜，脸上却不动声色，毫不客气地接过了无框眼镜。龙心兰笑着摇摇头，"今晚就先回去吧，明天，做完DNA鉴定，我们就去把凶手揪出来。"

重甲闻言微微一愣，摆着手道："等一下，等一下，我已经帮你找到了马洛克，委托已经结束了。"

龙心兰侧过头看着重甲，又从怀里摸出一沓钞票，"订金两万，委托继续。"

马洛克已经死了，这次的委托非常危险，及时退出才是明智的选择。可是，订金两万，那就是整整四万信用币，这个价码实在极具诱惑。重甲盯着那叠钞票，犹豫片刻，才无可奈何地道："好吧，看来我惹了一个大麻烦。"

"为什么这么说？"

重甲转过头专注地看着龙心兰，"仅仅绑架幼儿就需要杀人灭口吗？很明显，你并没有把真相全部告诉我。"

"真相，需要我们继续挖掘。"龙心兰避开重甲的目光，启动了车子。

这女子言不由衷，她肯定隐瞒着什么。重甲摸出香烟，点上火深深地抽了一口，叹道："好吧，咱们走。"

第四章

杀人毒蜂

早上八点整，向阳面的玻璃窗渐渐变得透明了，清晨的阳光倾泻到卧室的每一个角落。“今天是2038年5月2日，星期三，天气晴朗，微风，适合户外活动。主人，您应该起床了。”扬声器里传出智能家居系统温柔的提醒声音，重甲打着哈欠睁开了双眼。

重甲住在中城区，一间不算大的公寓，不足五十平方米，但对于一个单身汉来说已经绰绰有余。目前他还没有自己的房子，倒不是买不起，而是重甲还没有再次成家的打算。

如今这个年代，夫妻双方都不会过问配偶的私生活，你可以同时拥有两个甚至多个性伴侣，同性婚姻更不是什么稀罕事，根本没有人在乎“忠贞”这两个字。

可是重甲在乎。他认为仅仅两情相悦是不够的，爱，是一生一世的承诺，应该包含更多东西，性爱只不过是其中的一部分而已。作为这颗星球上仅有的高等智慧生物，人类不应该醉心享乐，不应该任由生物本能所支配。

重甲有过一次婚姻，那次婚姻在他内心深处留下了一个空荡荡的洞，永远也无法填满的洞。重甲也曾试着忘掉过往，重新开始一段新生活，他去酒吧买醉，与初次见面的女子彻夜狂欢，并用极危险的任务来折磨自己。可是一切努力都没有效果，那双温柔如水的眼眸仍然令他魂牵梦萦。

最终，重甲远离家乡，来到了中州市。

有时候，重甲甚至感觉自己并不属于这个时代，而是属于遥远的过去。

洗漱之后，重甲冲上一杯咖啡，破例让家居系统打开电视机，搜索一下本市新闻，又特地加上了“死亡”这个关键词。

重甲来到客厅，墙壁上，薄薄的OLED电子屏上已经出现了一张张动态图片，正在缓缓滚动。

——某个流浪汉倒毙在路边，被清扫机器人发现；

——一位老妇人死在自己的公寓里，邻居闻到尸臭报了警，警察赶到后发现尸体已经腐烂；

——下城区的垃圾堆里发现了一位少年的尸体，据悉死于吸毒过量；

——郊外一栋废弃已久的别墅内发现一具中年男性的尸体，死因不明。

郊外，废旧别墅，中年男性，死因不明，就是这个。重甲急忙放大那条新闻，从头到尾仔细看了一遍。

尸体是警方于昨晚接到一个匿名电话后找到的，时间是23：30。经验尸官鉴定，该死者全身未见伤痕，体内并未发现毒素残留，奇怪的是：死者全身多个器官衰竭，仿佛在一瞬间就失去了生命力。目前致死原因尚不明确，需要进一步鉴定之后才能得出结论。

全身多个器官衰竭？奇怪！凶手到底用什么方法杀了马洛克？重甲感觉有点奇怪，正在这时，手腕上的个人终端微微震动，继而弹出了一个视频请求。

重甲接通视频，将一张全息图投射到面前，满头黑发的龙心兰出现在画面里。重甲懒洋洋地打过招呼，问道："早间新闻你看了吗？警方已经做了尸检，马洛克死于全身多个器官衰竭。"

"多个器官衰竭？"画面中的龙心兰诧异地挑起了眉毛，几秒后，又摇头道："先不谈这个，DNA鉴定结果已经出来了，那根头发的主人叫林曼娜，在一家夜总会工作。"

全息屏右上角出现了一个分割画面，其中是一名棕发女孩，化着很浓的烟熏妆，两眼倦怠无神，但还算得上漂亮。

一个舞女，就是她杀了马洛克？重甲感觉有点难以置信。

在夜总会，重甲和龙心兰并没有见到林曼娜，一位肥肥胖胖的黑人大妈告诉他们，从昨晚起，林曼娜就没有来上班。支付二百信用币之后，两人得到了一个地址，位于下城区第七大街。

两人又驱车赶往下城区，最终来到一栋老旧的公寓楼下。和马洛克一样，林曼娜也住在十三楼，是巧合还是另有原因？不知何故，重甲心中隐隐浮出了一抹不祥的预感。

龙心兰停下车子，重甲取出装着侦察蝇的金属匣，放出一只侦察蝇，让它在公寓大门外盘旋。龙心兰侧头看着重甲，眉宇间带着几分疑惑。重甲开口解释道："这玩意和我的个人终端是联机的，一旦发现林曼娜，就会自动发出警报，以免她跑掉。"

"她逃不掉。"龙心兰指指公寓大门上方的监控器，然后又分别指指街道对面和路灯杆，"监控器到处都是，除非林曼娜有马洛克的本领，否则，无论她走到哪儿，我都能找到她。”

龙心兰的语气很平淡，仿佛调用都市监控是再简单不过的一件事。这女子到底是什么来头？重甲收回侦察蝇，心中再次泛起了浓浓的困惑。

龙心兰推门下车，回头看重甲仍在发呆，才微笑道：“怎么了？”

谜一样的女子，充满谜团的幼儿绑架案，这次的委托真是越来越有意思了。重甲收起思绪，打起精神，跟在了龙心兰身后。

这栋公寓很有年头了，空气里带着一股霉味，楼道狭窄阴暗，走廊尽头那盏暗淡的廊灯是唯一的光源。

来到林曼娜的公寓前，龙心兰停下脚步，从怀里取出了无框眼镜。重甲看在眼里，也摸出龙心兰送给自己那副眼镜戴在脸上。

智能眼镜果然很好用，透过房门，能清清楚楚地看到一个长发女子的人影在房间里走来走去，似乎在收拾行李。除此之外，房门结构，房间内的家具摆设也一览无余。与这副眼镜相比，重甲之前那副热源眼镜简直就是垃圾。

龙心兰回过头，用食指指了指房门。重甲会意，挺身上前，伸手抵住门锁，奋力一推，房门就吱吱呀呀地打开了。客厅内，一位提着背包的长发女孩抬起头，瞪大双眼，惊讶地看着站在门外的重甲和龙心兰。

重甲跨进房门，轻声道：“请不要紧张，我们只是……”话还没说完，那女孩就丢掉背包，发出了一声歇斯底里的尖叫。

这种老式公寓楼住户很杂，把邻居全部引过来会很麻烦。重甲箭步上前，左手揽住那女孩的脖子，右手牢牢捂住了她的嘴巴，“不要叫，我们没有恶意，请冷静一点，冷静。”

那女孩拼命挣扎，但在重甲双臂牢牢控制之下，自然毫无效果。龙心兰也走进公寓，回手关上房门，冲那女孩点头微笑，“林曼娜小姐，请不要紧张，我们没有恶意，只是有几个问题想要咨询你。”

黑发女子的微笑似乎起到了安抚作用，林曼娜渐渐放松下来，慢慢点了点头。重甲松开双臂，退到了一边。

“你们……要干什么？”林曼娜坐在沙发里，目光在重甲和龙心兰身上来回游移，似乎惊魂未定。

客厅很乱，地板上还放着一个打开的大行李箱，里面堆满衣服和各种日用品。龙心兰左右看看，沉默两分钟，才开口道：“我们来，是要询问你关于马洛克的事。”

“马洛克！”林曼娜的眼光顿时中闪过一丝惊恐，低下头，喃喃地道：“我不认识他，他的死和我半点关系都没有，我不明白你们在说什么。”

第一句话就露了馅。看来这女孩毫无经验，她怎么可能杀得了身手过人又机警狡猾的马洛克？重甲隐隐有些好奇。

“真奇怪。”龙心兰微微挑起眉毛，似笑非笑地道，“你既然不认识马洛克，那怎么知道他已经死了？”

林曼娜愈加惊慌，低低地道：“我……我……我看过新闻，我在新闻里看到的。”

“说谎。”重甲有些不耐烦，忍不住插口道，“新闻里根本就没有提到马洛克的名字。”

“看看这个，这是你落在现场的，我们就是利用它找到了你。”龙心兰摊开手掌，几根淡金色的发丝蜷曲在掌心中，“如果被警察发现，你现在已经被关进牢房了，根本不会有机会逃跑。”

“我……我……”林曼娜脸颊惨白，一时说不出话来。

龙心兰垂下手臂，任凭那几根发丝落在地板上，放缓语气，温和地说：“放轻松，我们不是警察，马洛克是死是活我们全不放在心上。你只需要告诉我，马洛克最近都做过些什么。”

“马洛克……最近做过什么？”林曼娜白着脸抬起头，怔怔地看着龙心兰。

“对，”龙心兰点点头，补充道，“我们知道马洛克绑架了一名小女孩，他有没有和你提过这件事？还有，他为什么要躲起来？”

林曼娜咬着嘴唇，紧张地搓着双手，隔了半晌，才低声道：“他没有提过绑架小女孩的事，但他提过一个叫作斯登特的人，马洛克很怕他。”

“斯登特？”龙心兰皱起眉头，思索片刻，又把目光转向了重甲。重甲努力在记忆中搜寻了一遍，最终耸耸肩膀，道：“斯登特是《圣经》中的蛇形恶魔，或许是个化名。”

“还有个问题，你为什么要杀马洛克？”龙心兰缓缓竖起双眉，目光变得锋利如刀。

这女子变脸还真是快，刚刚还温柔似水，转眼就冷若冰霜。重甲暗自嘀咕，也跟着问道：“对，你是怎么杀的他？”

“我……我……”林曼娜嘴唇颤抖，可就是说不出话来。

龙心兰又放缓脸色，及时安慰道：“尽管放心，马洛克这种人死有余辜，我们不会把你交给警察的。我只是一名私家侦探，受人之托寻找被马洛克绑走的小女孩，你的证词非常关键。”

安抚再次起到了作用，林曼娜沉默片刻，终于开口道：“有人给了我一大笔钱，让我杀掉马洛克，我不干的话，他就要杀了我。”

“谁？”

“我不知道。”林曼娜摇摇头，“那人戴着一张白色面具，面具上有两个尖角，鼻子很长，我看不到他的脸。”

白色面具，带着两个尖角，听上去很像般若面，源自日本神话传说中的鬼怪。重甲正在思索，龙心兰又追问道：“你用什么办法杀了马洛克？”

“那人说马洛克对我没有戒心，我可以接近他，然后，那人……给了我一个装满药水的瓶子，说那种药水检测不出来，让我倒进马洛克经常喝的饮料里。那天……那天晚上，我把药水倒进酒瓶里带给了马洛克，他一边搞我，一边大声骂一个叫作端木重甲的人，然后他喝了一口酒……刚喝下去他就变了脸色，扑过来想抓住我。当时我被吓坏了，就推了他一把，然后……他就倒在了地上。事情的经过就是这样，你们……你们去查查那个叫作端木重甲的人吧，肯定就是他让我这么干的。”

重甲啼笑皆非，把双臂抱在胸前，冷冷地道：“我就是端木重甲。不过，干掉马洛克这种事，我很乐意亲自动手。”

“你！”林曼娜震惊地瞪大双眼，全身都缩进了沙发里。片刻后，她又摇了摇头，颤声道：“不，不是你，那人没你这么高，也没你这么壮实。”

龙心兰没有理会这个小插曲，专注地看着林曼娜，问道：“那种药水，你还留着吗？”

“瓶子我还留着，但药水好像没有了。”林曼娜起身跑进里间，片刻后，就举着一个小小的玻璃瓶跑了出来，“就是这个，里面还有几滴。”

龙心兰接过玻璃瓶，举在面前细细查看。玻璃瓶是透明的，只有拇指大小，瓶底还残留着一点点乳白色的药水。

一只小小的蜜蜂不知从何处飞来，在客厅中绕了个圈，轻盈地落在林曼娜肩头。林曼娜正紧张地看着龙心兰，对此一无所觉。

奇怪，这蜜蜂从哪飞来的？重甲侧过脸，盯着蜜蜂看了看。智能眼镜迅速扫描了蜜蜂的身体构造，微型电路板，高灵敏度摄像头，腹腔内是某种液体，还有尾部长长的钢针。

那不是蜜蜂，而是一只机械蜂。

“小心！”重甲不由自主地叫出了口。与此同时，龙心兰也发觉不妙，高声道：“危险！快躲开！”

“危险？躲开？躲开什么？”林曼娜大张着双眼，满脸困惑。重甲伸手抽出自己的配枪，想瞄准那只机械蜂。可惜已经晚了，林曼娜的身子微微一晃，表情骤然变得异常呆滞，然后直挺挺地向地板上倒去。

机械蜂扇动翅膀，从林曼娜肩头飞起，直奔龙心兰而去，尾部的钢针隐隐闪动着阴冷的光芒。

和重甲的侦察蝇不同，这种机械蜂不仅能用来侦察，还是一种可怕的杀人武器。

见鬼！重甲暗暗咒骂，及时抬起枪管，扣动了扳机。枪声震耳，九毫米弹丸穿膛而出，正中目标，那只机械蜂凌空爆成了无数碎片。

这玩意是从哪里钻进来的？还有吗？重甲游目四顾，但再无发现。再低头看时，地板上的林曼娜一动不动，已经停止了呼吸。

第五章

死因不明

对方不仅要杀掉林曼娜，还想利用机械蜂把他们两个一起干掉。重甲还在思索，龙心兰已跳起身来，“枪声会把警察引来，咱们快走。”

与上城区和中城区不同，下城区巡逻的警察并不多，即使接到报告，也没那么快赶过来。而且，重甲是赏金猎手，是游走在法律边缘的人，自然少不了和警察打交道。

心里虽然这么想，但麻烦还是少惹为妙。因此，重甲还是老老实实地跟在龙心兰身后出了公寓，向电梯间奔去。

刚刚踏出电梯门，迎面就看到了一排黑洞洞的枪口。一楼大厅内，七八名全副武装的制服警察手执突击步枪，散布成一个半圆，正严阵以待。警察全都身穿避弹衣，还带着防暴面罩，一副如临大敌的模样。透过公寓大门，可以看到几辆警车停在路面上，车顶上方的警灯犹在不断闪烁。

“电梯里面的人听着，趴在地上，双手放在背后，不要企图反抗，你们已经被包围了！”

他妈的！竟然来这么快！重甲耸耸肩，老老实实地趴在地板上。几名警察冲进电梯，将重甲和龙心兰分别铐住，推推搡搡地带出了电梯间。

不少路人停下脚步，聚在公寓大门外，探头探脑地观看。警察搜走了重甲的配枪，连同智能眼镜一起放进证物袋，重甲眼睁睁地看着，心中暗暗恼火。

一名没戴头套的警察迈着不紧不慢的方步走过来，将手中的便携扫描仪对准重甲，“端木重甲，本地人，目前无业。”接着他又把扫描仪对准龙心兰，然后稍稍皱起眉头，略带诧异地问：“龙心兰，你是……私家侦探？”

龙心兰面色平静，淡淡地道：“对，私家侦探，我不是本地人。”

警方的扫描仪和民用个人终端机不同，民用个人终端通常只能扫描出他人提供的资料，而资料是否属实，尚不得而知。警用扫描仪看到的却是对方的真实身份，从出生伊始，只要警方记录在案的信息，全部一览无余。

难道龙心兰没有说谎？她真的只是一名私家侦探？看着龙心兰镇定自若的表情，重甲满心疑窦。

那警察满怀狐疑地盯着龙心兰，一名戴着面罩的警员凑过来，汇报道：“队长，尸体找到了，死者叫林曼娜，是一名舞女。”

那警察又盯着龙心兰上下打量一会儿，才将手一挥，道：“把嫌犯带走。”

稀里糊涂就成了嫌犯，真他妈让人恼火！看来操控机械蜂的杀手就躲在附近监视着林曼娜，放出机械蜂之前就已经打电话报了案，不然警察不可能来这么快。这名杀手知道区区一只机械蜂难以干掉重甲和龙心兰，其目的就是阻挠他们两人的调查。

现在怎么办？重甲转头看看龙心兰，黑发女子依旧镇定自若，看不出有什么心理波动。

重甲坐在审讯桌后，百无聊赖地看着墙上的电子钟。从被捕到现在已经过去了一个多小时，却始终没有人来审讯他，这让重甲倍感奇怪。

时间一分一秒地流过，又过了将近三十分钟，一名蓄着小胡子的警官推门而入，取出钥匙替重甲打开手铐，然后客客气气地说："重甲，你可以走了。"

"老秦，秦宇阳，这他妈怎么回事？"重甲认出了对方。小胡子警官叫秦宇阳，前年重甲受雇追踪一名杀人犯，就在抓到人犯时，秦宇阳也率队赶到。重甲不但领到了酬金，还顺带替警方侦破了一桩凶案，因此两人还算有点交情。

秦宇阳耸耸肩，悄悄竖起食指向天花板指了指，悄声道："我也不清楚，这是上头的意思。"

走出审讯室，迎面就看到了含笑而立的龙心兰。重甲满头雾水，但当着秦宇阳的面又不好详细询问，因此只能将疑问统统压在心底。

在证物室取回两人的随身物品，秦宇阳又亲自把重甲和龙心兰送出警局后门，才挥手向两人道别。

看着秦宇阳的背影消失在门后，重甲转向龙心兰，问道："不经审讯就把嫌犯放走？这到底怎么回事？你到底是什么人？"

凶杀案嫌犯至少要羁押四十八小时，而他们俩不到两个小时就被放了出来，按龙心兰所说，她只是一个私家侦探，私家侦探会有这么大的能量？

龙心兰似笑非笑地看着重甲，再一次回避了这个问题，“对方应该不知道我们被放了出来，在警方备案录中，我们还被关押在牢房里。”

“所以，我们要利用这段时间，尽快查出这玻璃瓶里到底是什么。”龙心兰抬起左手，掌心中正是林曼娜交给他们的玻璃瓶。

重甲大为不快，毫不客气地道：“老实说，我对你的真实身份并不感兴趣，但是，你这种鬼鬼祟祟的作风让人很不耐烦。”

“你先听我解释。”龙心兰又笑了，“你还记得新闻里说马洛克死因不明吧，警方特意隐瞒了一些消息，马洛克全身组织坏死的特别快，甚至在送往冷藏库的途中就开始腐烂了，警方发觉了异常，却找不到导致异常的原因。还有林曼娜，经初步检验，体内也没有发现毒素，估计致死原因和马洛克相同。”

“那……死亡原因呢？”

“器官衰竭，这一点警方倒没有隐瞒。马洛克的心脏、大脑、肝脏、所有的重要脏器都停止了工作，好像这些脏器突然老化死亡了。”

“马洛克和林曼娜全是非正常死亡，警方却查不出原因。我承诺能够查出致死原因，他们希望我们能够继续调查，所以才会尽快释放我们。”

原来如此，这个理由倒是勉强说得过去。重甲似信非信地点点头，“那好吧，我暂且相信你一次。”

两人走上街头，龙心兰挥挥手，拦下了一辆无人出租车。重甲有点奇怪，问道：“你那辆电动车不是能遥控吗？干吗还要乘坐出租？”

龙心兰微微摇头，“如果我所料不差的话，那辆车应该已经被盯上了，开着它很容易引起对方的警觉。”

重甲摇摇头，“不，咱们应该利用这一点把对方引出来，目前还不清楚要对付的是什么人，这种情况对我们很不利。”

“我知道。”龙心兰拉开车门，欠身坐进后座，回头道：“不过，现在还不到时候。”

“那好吧。”重甲犹豫片刻，也跟着钻进了出租车，“现在，咱们去哪儿？”

龙心兰再次举起玻璃瓶晃了晃，“生化检测所，我们首先要搞清楚这玩意到底是什么。”

重甲靠在座椅里，默默地望着窗外。道路两侧高楼林立，以傲然挺拔之姿并肩直指蓝天。各种颜色的车辆交织成了一条条炫目的钢铁洪流，在路面上不停穿梭。车窗隔音效果很好，完全听不到外面的动静，只能看到一辆辆汽车和一幅幅巨型全息广告从窗外飞快掠过。

先是找人，人是找到了，却又变成了死人。继续找人，然后又变成了死人……此外还遭到杀人机械蜂袭击，却还没搞明白要对付的是什么人或组织。事情正在向不可控制的方向飞快倾斜，也许，退出才是更好的选择。

但是，退缩和逃避不是重甲的性格，重甲不喜欢无所事事的日子，他喜欢挑战，这能让他找到存在的感觉。

不知何时，出租车已经停了下来，龙心兰微笑着侧过脸颊，“我们到了。”

第六章

未知病毒

他们已经来到了市郊，道路两侧不再是高大的楼房，而是绿油油的原野。电动车停在一面围墙外，大门敞开，门口连个保安也没有，里面的建筑式样简朴，只有两栋普普通通的三层楼房。

大门口连个标牌都没有，这里就是生化检测所？龙心兰用终端机支付了乘车费用，回头看重甲面带困惑，就主动解释道："警局查不出死因，恐怕一般的检测机构也难以胜任，这里是中化所检测中心，设备先进，研究室的王教授更是国内首屈一指的专家，他应该能查出是什么原因导致了马洛克和林曼娜的死亡。"

两人下了车走进院子里，也没人上前阻拦。重甲对此颇感奇怪，龙心兰笑着解释说，这种地方几乎没什么外人来，索性连请保安的钱都省了。

在二楼的一个办公室，重甲和龙心兰见到了身穿白大褂的王教授。

王教授有六十多岁，两鬓斑白，戴着一副厚厚的近视眼镜，正坐在办公桌前聚精会神地读书，对龙心兰和重甲的到来恍如不觉。

重甲留意到王教授手里的书是一本真正的纸质图书，这种书很少有人看，似乎只有图书馆里才有，看来这位王教授是一位很老派的人。

龙心兰上前两步，微笑道："王伯伯，您好，好久不见。"

王教授这才转过身，放下书本，抬手扶住眼镜框，看看重甲，又看看龙心兰，眼神里带着几分困惑。

"王伯伯，是我，龙心兰。"

"哎哟！是小兰啊！"王教授两眼中顿时射出了惊喜交加的光芒，起身迎上前来，"你看我这眼神，居然没认出来，什么时候来的中州？"

这老学究早就认识龙心兰，看来龙心兰没说谎，至少她的姓名是真的。重甲知趣地退到一旁，任凭两人寒暄。

两人又攀谈了好一会儿，龙心兰才转向重甲，道："王伯伯，我来替您介绍一下，这位是端木重甲，中州本地人，他……和我一样，也是一位私家侦探。"

龙心兰隐瞒了他的真实身份，看来这位王教授并不了解赏金猎手这一职业。重甲上前两步，堆起礼貌性的微笑，点头道："王教授，您好，初次见面。"

"端木重甲，这名字不错，很有气魄。"王教授对重甲上下打量几眼，又转身盯着龙心兰，笑呵呵地道，"小兰，你眼光不错，这是个很棒的小伙子！"

这话什么意思？重甲不觉微微一愣。龙心兰脸上罕见地浮出了一抹红晕，插口道："王伯伯，您误会了，我和他只是搭档，我们在调查一件案子。"

"查案子？"王教授似乎有点失望，又看了一眼重甲，"小兰啊，不是我说你，你今年已经……"

"王伯伯，王伯伯，"没等王教授说完，龙心兰就打断了他的话，取出那个玻璃瓶举到王教授面前，“我们这次来，是想拜托您检测一下这个瓶子里的液体，这件事很重要。”

差一点就能知道她的真实年龄了，可惜。重甲不无遗憾地摇着头，又用幸灾乐祸的眼光看着龙心兰。

“哦，这是什么？”王教授接过玻璃瓶，认真地端详着。

“事情是这样的，有两个人因为误食这种液体丢掉了性命，但是警方验尸后却找不到致死原因，所以就委托我们来调查。我感觉普通的检测机构难以胜任，只好来麻烦您。”

受警方委托，这女人又在说谎，难道是撒谎成性？又或者撒谎是女性天生就具备的技能？重甲不由自主地瞟了一眼龙心兰。黑发女子觉察到重甲的目光，脸颊微红，竖起纤秀的双眉，给了他一个大大的白眼。

“警方查不出原因，有点意思。”王教授若有所思地盯着玻璃瓶口的高分子密封盖，点头道，“那好，你们跟我来。”

三人穿过走廊，来到一间贴着生物标识的实验室外。王教授取下身份名牌在门边的安全锁前晃了晃，房门自动打开，洁白的灯光依次亮起。

实验室里摆放着许多电脑和各种实验器材，一台重甲叫不出名目的大型仪器矗立在房间中央。王教授指指那台仪器，语气中带着几分自豪，“你们来这里是对的，目前来说，这是国内最先进的多功能检测仪。”

多功能检测仪。重甲很想问问这玩意都能检测什么，但又不想表现的过于无知，犹豫片刻，最终还是没有问出口。

王教授戴上乳胶手套，小心翼翼地打开玻璃瓶，取出一枚针筒抽出几毫升液体，又小心翼翼地滴进了一个玻璃试管内。王教授摇摇试管，回头道："样本少了点，只有这么多吗？"

龙心兰点点头，"只有这么多。"

王教授略带遗憾地摇着头，看玻璃瓶里还有少许液体，就扣好瓶塞，珍而重之地放进了一个标本柜。

看着王教授郑重其事的举动，重甲不觉来了兴致，插口问道："这玩意起效很快，其中一个受害者仅几秒钟就死去了，是不是某种神经毒素？[①]"

"不太可能，"王教授随口答应，一边打开检测仪，把装着液体的试管放进一个凹槽内，反问道："神经毒素发作时通常会有很强烈的反应，那两名死者都有什么症状？"

重甲和龙心兰对望一眼，犹豫着摇了摇头，答道，"第一名死者死亡时无人发觉，不清楚是否有什么症状。至于第二名死者，据目击者所说，什么症状都没有，就这么不声不响地倒下去死了。"

"那可以排除掉神经毒素。"王教授转过脸看着重甲，补充道，"再者，警察又不是笨蛋，如果是神经毒素致死，他们不可能查不出来。"

自己好像问了个相当愚蠢的问题。重甲脸颊微微发热，挠挠头皮，讪讪地退到了一边。王教授不再理会重甲，打开一台电脑，并不断刷新OLED电子屏。龙心兰也凑过去，专注地看着王教授操作。

"似乎没我什么事嘛。"重甲等了十几分钟，渐渐感觉有些无趣，于是摸出香烟，打算溜出实验室去过烟瘾。

刚刚走到实验室门口，就听王教授说："小兰，你看一下，这个能让你想到什么？"

---

① 神经毒素：对神经组织有毒性或破坏性的毒素。

有新发现了？重甲心中一喜，收起香烟，快步来到王教授和龙心兰身后，探头看去。OLED电子屏上显示的是一团灰色的物质，呈六角形，每个尖角还稍微向外突出，如同发育不良的雪花。

重甲看了又看，不明所以。龙心兰却皱起双眉，开口道："有点奇怪，看上去很像生物大分子。"

"对，"王教授点点头，"生物大分子，正是病毒离开宿主后的表现形态。"

病毒？重甲暗吃一惊。林曼娜被机械蜂刺中后，最多不过七八秒钟就倒地死去，如果是病毒感染致死，那么这种病毒也太可怕了！

寻思片刻，重甲脱口道："你是说两个人全死于病毒感染？什么病毒这么厉害？"

"现在还无法断定。"王教授摇摇头，又习惯性地扶扶眼镜框，解释道，"病毒分类很复杂，仅按寄主分类，就可以分为：细菌病毒、真菌病毒、无脊椎动物病毒、脊椎动物病毒以及植物病毒。如果从遗传物质来分类，又可以分为DNA病毒，RNA病毒以及蛋白质病毒。"

"植物病毒？"

王教授随口道："对，植物病毒。人类历史上发现的第一种病毒——烟草花叶病毒，就是植物病毒。"

动物病毒，植物病毒，还有细菌病毒，真是涨了见识。重甲懵懵懂懂地点着头。想想也是，病毒这玩意太小了，比细菌更小，小到连细胞结构都没有，只能以纳米作为测量单位，寄生在细菌体内也不足为怪。

"从结构来分类，病毒又可以分为真病毒和亚病毒，如类病毒、拟病毒和朊病毒，都可以归类于亚病毒。"

王教授像是来了兴致，摘掉眼镜用白大褂擦了擦，又戴回脸上，滔滔不绝地向重甲和龙心兰做起了科普："病毒和目前已知的所有生物一样，具有遗传、变异以及进化的能力。但它颗粒极小，无法独立完成自我复制，只能利用宿主细胞获取生命活动所需要的物质和能量进行复制。所以说，病毒既不是生物，也不是非生物，而是一种介于生物和非生物之间的原始生命体，超出了魏氏的五界分类法[①]。"

难道来这里就是为了听这个老学究的长篇大论？重甲有点不耐烦，转头看看，龙心兰正冲他微微摇头，脸上带着几分无奈，似乎是不好意思打断王教授的讲述。

"当然，病毒之中也有例外，比如2010年发现的一种海洋病毒，Cafeteria roenbergensis病毒，它携带着约七十三万个DNA碱基对，甚至比某些细菌还要多。这种巨大的病毒具有自己的蛋白质合成机制……"

重甲又耐住性子听了一会儿，看王教授始终没有停下来的意思，终于忍不住开口问道："王教授，这种病毒，是怎么导致被害人死亡的？"

"暂时还搞不清楚，"王教授搓搓双手，脸上带着隐隐约约的兴奋，"我需要几天时间继续检测，这样吧，你们先回去，一有结果我就通知小兰。"

"好的，王伯伯，那就麻烦您了！"

"没关系，没关系，举手之劳而已。"

① 五界分类法：生物学范畴的分类方法，将生物分为：动物、植物、真菌、原核生物、原生生物五界，由德国生物学家魏特克提出。

第七章
引蛇出洞

走出检测中心，已经是正午时分，龙心兰用终端机招来一辆无人出租，两人再次向市区赶去。这一趟虽然没能确认林曼娜和马洛克的真正死因，但至少知道他们是死于某种病毒感染，也算得上大有收获。

重甲舒舒服服地靠在座椅里，转头看着龙心兰的侧脸，问道："现在，咱们去哪儿？"

龙心兰低头看看时间，道："先去吃饭，然后，把对方引出来。"

随便吃过午饭，两人再度乘坐无人出租返回下城区第七大街，龙心兰的电动车仍然安安稳稳地停在那栋公寓楼前。

重甲并没有下车，左右审视片刻，提议道："先别急着去开车，咱们找地方坐一会儿，看看附近有没有什么可疑目标。"

龙心兰点头赞同，随手指指路边一间咖啡馆，"就在那里吧。"

咖啡馆位于路口，视野良好。重甲点点头，从怀里取出两张面罩，举在面前仔细看看，将其中一张递给龙心兰，用不容置疑的口吻说，"戴在脸上。"

"这是……人皮面具？"龙心兰接过面罩左看右看，似乎有点困惑。

面罩薄薄的，眼睛、嘴巴和鼻孔的位置都有开孔，与皮肤颜色极为接近，而且还有两道栩栩如生的眉毛，简直就像是直接从人脸上揭下了一层。

重甲把自己那张面罩覆在脸上，又对着车窗照了照，才解释道："这是3D打印出来的生物胶膜，无毒无害，专门用来伪装的。肯定有人在盯着你那辆车，所以咱们需要伪装。"

龙心兰低下头仔细看看面罩，微微一笑，也学着重甲的样子敷在脸上。重甲凑过去，在她脸颊、下巴和眼角等处按了按，让胶膜与皮肤紧密贴合。确认再无破绽，重甲才点头道："行了，就是面对面他们也不会认出咱们。"

这种面罩是重甲常用的伪装工具，使用3D打印技术一次成型，惟妙惟肖地还原了人类的面部特征。胶膜利用生物静电与皮肤紧密贴合，只要不出汗或是剧烈活动，轻易不会脱落，粘贴和更换都相当方便。

现在，重甲和龙心兰俨然就是一对约二十七八岁的青年男女，相貌平庸，毫无出众之处。衣着和发型还和伪装前一样，不过目前来说，这样的伪装已经足以隐瞒两人的真实身份。

重甲和龙心兰下了车，迈着悠闲的步伐穿过街头，走进咖啡馆。他们挑选两个靠窗的位子，点了两杯卡布奇诺，然后坐下来假装谈话。

街头很嘈杂，人潮涌动，片刻也不停息。下城区向来如此，重甲耐下性子，用不经意的目光扫视着四周。

除了龙心兰那辆电动车外，路边还停着几辆货车，此外不远处还有一辆崭新的白色越野。

那辆越野车很可疑。重甲朝龙心兰努努嘴，龙心兰会意地点点头，示意她已经看到了。重甲戴上智能眼镜，悄悄地对那辆车做了个扫描，但只能看到车牌和车型，却看不出车里是否有人。

那辆车居然有电磁屏障，而且喷了低红外线抗热涂层。重甲微感吃惊，把自己的发现告诉了龙心兰。她思索片刻，轻声道："普通车辆不可能有电磁屏障，毫无疑问，这辆车就是我们的目标。"

在闹市动手很不合适，应该把对方引到一个僻静的地方去。重甲又看了看那辆白色越野，问道："把他们引到哪去？"

龙心兰反问道："你有合适的地方吗？"

"有。"重甲不动声色地点了点头。

两人去掉面罩，大模大样地走上街头。为了能让对方尽快发现，重甲还故意装作买烟，在一个杂货摊前逗留了片刻。

龙心兰用个人终端机远程启动电动车，两人先后登上车子，缓缓驶出了第七大街。重甲透过后视镜盯着那辆白色越野，遗憾的是，对方并没有跟上来。

一连经过两个路口，始终未能看到那辆白色越野的踪影。难道判断失误？重甲闷闷不乐地摸出香烟，正想叼到嘴上，不经意间却在后视镜里看到了一辆黑色的越野车，车型和那辆白色越野完全相同。重甲心中微微一动，收起烟盒，探过身在电动车的中控面板上重新设置了目的地。

"发现什么了？"龙心兰有点奇怪。重甲看着后视镜里那辆黑色越野，解释道："你的车能改变颜色，对方的车也能。"

电动车驶下主路，拐上了一条岔道。约半分钟后，那辆黑色越野再次出现在后视镜里，果不其然，那辆越野车在跟踪他们。

龙心兰顺着重甲的视线看去，点头道："你的判断没错，就是那辆车。"

重甲再次设置路线，并把目的地更改为两个街区之外的"白日焰火"夜总会。

"你打算在夜总会甩掉他们？"龙心兰敏感地觉察了重甲的打算。

"只需要假装甩掉他们，不能让他们发现咱们的真实意图。"重甲拍拍腰间的手枪，"蛇儿出洞，准备开打。"

车子在白日焰火大门前稳稳停下，重甲瞟一眼后视镜，发现那辆越野也熄了火，不远不近地停在路边。

"下车吗？"龙心兰回头看看，眸子里带着一丝隐隐约约的兴奋。

"等一下。"重甲再次在中控面板上设置了目的地，"你这辆车可以遥控对吧？"

"可以，怎么了？"

"咱们俩下去后，你就发动车子，它会自己开到中央公园侧门，夜总会有后门，咱们从后门出去，然后再见机行事，明白吗？"

龙心兰似乎觉察了重甲的意图，微笑道："你的意思是车子会吸引对方的注意？"

"对，这样能混淆对方的判断，至少他们要分出人手去追车子。"

两人推门下车，重甲特意挽起龙心兰的胳膊，慢悠悠地走到路边的自动贩售机前，按下香烟的按键，又用终端机在付款二维码上扫了扫。

贩售机前灯光很亮，能清楚地看到他们两人的容貌。对方肯定坐在那辆黑色越野车里监视着龙心兰和重甲的一举一动，或许已经拍下了两人的照片，正试图查出他们的身份。

重甲弯下腰，从取货口拿出香烟，同时用难以察觉的动作向龙心兰点了点头。龙心兰心领神会，抬起手臂，用个人终端启动了电动车。

电动轿车再次启动，悄无声息地滑出车道，缓缓驶向大路。透过贩售机玻璃面板的反光，重甲看到两个面戴墨镜的黑衣人下了那辆黑色越野，随后，越野车也再次启动，跟在了电动车后面。

果然上当了，只有两个人，好对付。重甲满意地点点头，再次挽起龙心兰，走进了夜总会大门。

穿过一段阴暗的回廊，五光十色的霓虹灯和劲爆的声浪扑面而来。视野中烟雾缭绕，数不清的男男女女正在舞池中随着节奏尽情摇摆，他们衣服上大都涂着感光剂，随着音乐不断变幻着各种色彩和线条，令人眼花缭乱。

白日焰火是放纵身心的好地方，很多人下班后都喜欢来这里，他们需要用劲爆的音乐和各种富含刺激性的饮品来释放掉积攒了一整天的压力。

“这边来。”重甲攥紧龙心兰的手腕，拉着她钻进熙熙攘攘的舞池，同时用眼角的余光观察着身后的动静。那两名黑衣人果然跟在他们身后，也奋力挤进了人群里。

汗味和香水味扑鼻而来，舞池内人头攒动，摩肩接踵，转个身都困难无比。好在重甲身强力壮，只需用力一拨，就能在两人身前打开一条通道。没多久，重甲就带着龙心兰到了舞池对面，回头看看，那两名黑衣人仍然陷在舞池当中，举步维艰。

重甲向两名黑衣人投以略带挑衅的一瞥，拉起龙心兰，快步向夜总会后门走去。

后门外是一条小巷，阴暗肮脏，垃圾遍地都是，空气中满是腐烂的臭味，令人恶心欲呕。重甲停下脚步，拔出自己的手枪，搬开保险，推上一发子弹，点头道："这里不错，正适合打埋伏。"

"非要在这里吗？"龙心兰皱着眉左看右看，戴上智能眼镜，也抽出了她那把小手枪。重甲有点奇怪，问道："不打算抓活口？"

"当然要抓活的，我是私家侦探，不是杀手。"龙心兰举起手枪在重甲面前晃了晃，解释道，"眩晕弹，挨上一枪会失去抵抗力，但不会致命。"

没过多久，后门再次打开，两名黑衣人先后冲出。看到重甲和龙心兰端着枪站在门外，两人顿时僵在了原地。

重甲板着脸，晃晃手枪，沉声道："转过去，面对墙壁，双腿分开，两只手都举起来。"

两名黑衣人互相看看，不情不愿地转过身贴墙站好，高高举起了手臂。

这两人各戴着一只战术手套，一个只戴了左手，另一个只戴了右手，有点奇怪。重甲收起手枪，对龙心兰道："你负责问话，我来搜身。"

"小心！"龙心兰忽然发出了一声惊呼，"不要靠近……"

话音未落，眼前寒芒闪动，利风如刀，直透胸腹。重甲来不及仔细查看，双足蹬地，纵身向后跳了出去。

"嚓，"寒光闪闪的利刃贴腹而过，外衣赫然裂开了一道近二十厘米长的口子，重甲的反应速度再慢上半秒钟，就会被利刃开膛破腹。

龙心兰发觉不妙，及时扣动了扳机，但其中一名黑衣人曲起左臂护在身前，两发眩晕弹正中他的前胸和前臂。黑衣人满不在乎地耸耸肩膀，弹丸扑通掉落在地，仅在他衣服上留下了两个弹孔。另一名黑衣人面带狞笑，稍稍抬起右臂，一柄二十多厘米长的利刃从他前臂探出，闪动着幽幽的冷光。

对方穿着防弹衣，而且知道将计就计，先故意示弱，让他们俩放松警惕。这两个家伙绝对不是普普通通的小角色。

重甲看了眼被划开的衣服，抬头道："你们是什么人？"

两名黑衣人互相看看，同时抬起手臂，摘下了墨镜。两人的相貌一模一样，同样面颊消瘦，肤色苍白，眼神阴冷狠毒。

"端木重甲。"右边那人嘿嘿冷笑，左边那人立即接口道，"你不认得我们，我们却认得你。"

龙心兰退到重甲身边，低声提醒道："他们衣服下面穿着流体防弹衣，此外都装着机械义肢，一个是左臂，一个是右臂。"

重甲心中凛然，脱口道："双子星！"

两名黑衣人同时点头狞笑，异口同声地道："对，就是我们。"

双子星是一对孪生兄弟，和重甲一样，他们也是赏金猎手。不同的是，这两兄弟阴鸷狠毒，只要有钱赚，什么活都愿意干，杀人对他们来说几乎是家常便饭。几乎没有人清楚这两兄弟的背景，只知道为了提高近战格斗能力，两人甚至不惜切掉一条手臂，各自安装了机械义肢。

这两兄弟行踪诡秘，从来不和任何人交往。重甲听过猎手双子星的名头，但从未和他们打过交道，只知道两兄弟一个绰号利刃，另一个绰号铁拳。得到龙心兰的提醒，重甲才忽然想起了这两个人。

“你们的雇主是什么人？你们要干什么？”重甲后退半步，悄悄按住了腰间的枪柄。

“愚蠢的问题，你会出卖雇主吗？”左边的黑衣人晃了晃脑袋，脸上满是不屑。右边的黑衣人立即接口道：“至于我们要干什么倒不妨告诉你，干掉你，再抓住你身边那位漂亮妞。”

应该是林曼娜所说的般若面雇用了双子星。他们打算活捉龙心兰，肯定是想搞清楚龙心兰为什么要调查这件案子，以及她已经知道了多少内幕。至于重甲，不过是一名无足轻重的赏金猎手而已，死不足惜。

这两兄弟暴戾狠毒，想从他们嘴里套出话来恐怕没那么容易，而且过于危险，抢先打倒他们才是上策。

重甲拿定主意，闪电般从腰间拔出了手枪，但是孪生兄弟早有防备，不等重甲抬起枪管，那柄寒光闪闪的利刃再次当胸刺来。重甲侧身避过，不等他反击，一只戴着战术手套的拳头又挟风而至，正中重甲握枪的右手。重甲疼痛难忍，不由自主地丢掉了手枪。拳头后方赫然是一条又细又长的钢链，连接在另外一位黑衣人的手腕上。

一个机械臂上装着利刃，另一个是……流星铁拳？看来两兄弟的绰号就是这么来的。

利刃和铁拳左右同时扑上，阴冷的刀光不断闪动，其间还夹杂着合金拳头沉闷的呼啸。刚刚躲过利刃，合金拳头就劈面而来，重甲缩起肩膀，拳头擦着发丝掠过，落在他身后的墙壁上。重甲想伸手抓住拳头后面的钢链，但刚刚伸出右手，寒光又斜斜闪来，快如电光石火。重甲急忙缩回手臂，以间不容发之势避过了那一刀。

孪生兄弟的配合几乎天衣无缝。重甲暂时找不到机会反击，只得步步后退。龙心兰脸色紧张，举着手枪站在外围，一时却不敢胡乱开枪。

眩晕弹根本无法穿透对方的流体防弹衣，只有击中头面部才有效，而且三人贴身搏斗，极难分辨目标，她害怕误伤重甲。

只能冒险一搏了。重甲看准机会，避开迎面而来的合金拳头，抬手牢牢抓住拳头后方的钢链，同时旋身起脚。刀光贴面掠过，划过重甲的左肩，削去了一片衣襟。仅仅零点一秒后，重甲的右脚也重重地落在了对方胸口。

利刃闷哼一声，向后倒飞而出；铁拳变了脸色，奋力回夺，想收回合金拳头。机会来了！重甲紧紧地攥着钢链，回头叫道："开枪！"

枪声响起，蓄势已久的龙心兰果然没有让重甲失望，双子星一人一枪，正中眉心。利刃摔倒在地，在满地垃圾中打了个滚，就此一动不动；铁拳原地站了两秒钟，才迟钝地向后倒去。

搞定。重甲松开钢链，长长地吐了一口气。

第八章

突然袭击

“你受伤了？”龙心兰收起手枪，快步奔到重甲面前。重甲看看左肩，若无其事地摇了摇头，道：“没有，只是可惜了这件衣服。”

龙心兰并不放心，凑过来撕开被割破的外套，认真检查一遍，终于点头道：“还好，只是划破了两层衣服。”

长长的黑发垂落在重甲胸前，淡淡的幽香充盈在鼻端。两人靠这么近还是第一次，重甲不由自主地退开半步，笑着掩饰道：“完了完了，这下没法穿了，我的衣服很贵的，”

“小气鬼！”龙心兰扑哧一声笑了，大大方方地道，“我赔给你。”

说完这句话，龙心兰又抬头盯着重甲，稍稍挑起了双眉，“好奇怪啊，我好像是第一次见你笑，你笑起来还蛮帅的。对了，你干吗总是绷着脸？好像全世界都欠你钱似的。”

猎手和雇主之间不应该有什么交集。一位老前辈说过的话在心中悄然浮起，重甲收起笑容，俯身捡起自己的手枪，指指躺在地上的两兄弟问：“就在这里审问，还是另外找个地方？”

巷子又深又暗，没有人走动，巷口两侧的大路又被几个巨大的垃圾箱遮挡了一多半，路上的行人根本看不清巷子里发生了什么。龙心兰左右看看，道：“眩晕弹的效果只能维持十余分钟，就在这里吧。”

重甲蹲下身，把昏迷不醒的两兄弟拉到一起，又顺手扯过那条钢链，在两人胸前紧紧地缠了几圈。确信他们无法挣脱，重甲才抬起手臂，在两兄弟脸上连抽了几记耳光。

双子星先后睁开双眼，挣扎着坐起身子，恨恨地瞪着重甲。

“交给你了。”重甲对两兄弟阴冷狠毒的目光视若无睹，退到一旁，摸出香烟和打火机，自顾点火抽烟。

龙心兰上前两步，冷冷地看着被捆作一团的两兄弟，“赏金猎手不允许出卖雇主，这条规则我懂，但是，我相信你们并不是那种遵守规则的人。”

这种开场白倒是有点出乎意料。重甲抱起双臂，饶有兴趣地看着龙心兰。

孪生兄弟转头看看龙心兰，目光中浮出了一丝困惑。龙心兰淡淡一笑，解释道：“规则对你们来说并不存在，如果酬劳足够，你们立即就会掉头干掉你们的雇主，对不对？”

两兄弟互相看看，咧开嘴笑了，“那当然，谁给的钱多，我们就替谁干活。”

“很好，我有个提议，无论对方支付了多少费用，我都可以支付双倍。当然，不需要你们去干掉雇主，我只需要一个名字就够了。”

孪生兄弟再次互相看看，一起闭上了嘴巴，显然，他们在犹豫。

就这么简单？重甲愣愣地看着龙心兰，感觉有些难以置信。他原本以为要花费好大一番气力才能说服两兄弟，没想到龙心兰只用几句话就让双子星动了心。片刻后，重甲又摇摇头，无声地苦笑了。每个赏金猎手都是为了钱，包括他自己，也是因为丰厚的酬金才接下了这个任务。

人为财死，鸟为食亡。从古至今，人类似乎从未改变。

“老实说，我们并不清楚雇主的真实身份……”良久，两兄弟才慢吞吞地开了口，“那人戴着一个鬼怪面具，完全看不到脸孔，他自称斯登特，应该是假名字，不过，我们……”

又是那个般若面。指使林曼娜杀掉马洛克，又利用机械蜂杀了林曼娜，估计马洛克绑架幼儿也是受他主使。

两兄弟的话还没说完，一缕若有若无的风声破空而来，如果不是巷子里很静，几乎无从分辨。重甲心生警觉，刚刚抬起头，一道寒光从巷口外闪过，在空中划过一条弧线，敏捷无误地向龙心兰飞去。

制导寻踪弹！有狙击手！重甲丢掉烟头挺身跃起，张臂抱住龙心兰，着地向一旁滚去。弹丸带着一声利啸从两人身边掠过，毫无阻碍地洞穿了双子星的头颅。鲜血和脑浆四处喷溅，两兄弟一声不吭地倒了下去。

重甲抱着龙心兰接连打了几个滚，一直滚到一个大垃圾箱后面，才松开手抽出手枪。地面上满是垃圾，他们身上也粘了不少，腥臭难闻，但危机时刻，已经顾不上那么多了。

没有听到枪声，对方距离很远，又或者在枪上加装了消音器，而且枪手使用的是能修正弹道的寻踪弹头，他根本无法判断对方的位置。

重甲摸出智能眼镜戴上，四周审视一遍，但没有发现可疑目标。一分钟、两分钟、三分钟，再也没有弹丸飞来，狙击手已经离开了。

“噢，真恶心，我都要吐了！”龙心兰皱起双眉，看着粘在衣服上的秽物，一副恶心欲呕的模样。重甲倒是毫不在意，叮嘱道：“你先待着别动，我去检查一下。”

重甲奔到巷子对面，伸手在墙角抠出了那枚弹头。不清楚狙击手是什么身份，从这枚子弹上或许能发现端倪。弹头上粘着尘土和血迹，重甲随手在衣襟上擦擦，塞进了口袋。

二十多分钟后，重甲和龙心兰来到了附近的一家旅馆，龙心兰坚持要先找个地方洗澡换衣服，重甲无可奈何，只好同意。

吧台后的侍应生对两人满身污秽的模样大为诧异，仔细核对了重甲和龙心兰的身份资料，才丢过来一张电子门卡。

走进房间，龙心兰抛下一句不许偷看，就匆匆钻进了洗澡间。片刻后，她又探出头来叮嘱道：“把你的外衣脱下来。”

衣服破了两个大洞，又满是污秽，已经没法穿了。重甲漫不经意地点着头，脱掉脏兮兮的外套，随手丢在一边。

“还有裤子和背心，全脱了！”

这女子有洁癖。重甲有点不太高兴，抗议道：“裤子还能穿。”

“等下再买新的，咱们的装扮对方肯定有记录，需要伪装。”

这个理由还算勉强，不过，怎么感觉像是被逼着上床似的。重甲摸出智能眼镜和装着侦察蝇的金属匣，还有手枪和别的随身物品，一起放在床头柜上，然后磨磨蹭蹭地脱下了裤子。

重甲的身材保养极好，全身上下没有一丝赘肉，堪比职业健美运动员。遗憾的是，前胸、后背和大腿等处有几道长短不一的疤痕，破坏了这份完美。

“身材挺好！”龙心兰称赞一句，随即眉头紧皱，把重甲的外衣和长裤团成一团，一股脑儿塞进了垃圾箱。之后她又打开空气净化器，才再次钻进洗澡间。

这女子肯定有洁癖，而且非常严重。重甲无可奈何地摇着头，仔细锁好房门，才坐进沙发里，一边抽烟，一边取出那枚弹头，举在面前细细查看。

弹头狭长，比普通步枪弹至少要长一倍，上面还沾着几缕发黑了的血迹，穿过双子星的头颅又射进墙壁，已经有些轻微变形。

制导寻踪弹是特种部队的装备，普通人根本不可能搞到手，那位狙击手非同一般。寻思片刻，重甲打开终端机，点亮电子屏，开始呼叫朋友大胖。

半分钟后，视频接通，一张胖乎乎的大脸占据了整个屏幕。

“重甲，是你，这么早，找我干什么？”大胖子睡眼惺忪，张开嘴巴打了个哈欠。

“还早？都他妈下午了。”

“只要太阳还挂在天上，对我来说都太早，我可是夜行动物。”大胖子嘿嘿一笑，又打了个哈欠。

重甲拈起那枚弹头举在面前，“帮我查查这个，很急。”

“这是……制导寻踪弹？”大胖子似乎来了兴致，揉揉眼睛问道，“哪里来的？”

“其他的事你不要管，只需要查出这枚弹头的来源就够了。”

“好吧好吧。”大胖子叹了口气，“你用终端机做个扫描，给我发过来。”

重甲给弹头仔细做了个扫描，然后把图像发送给对方，又叮嘱道：

“有结果后立即通知我。”

“知道了，知道了，小菜一碟而已。”大胖子满不在乎地摇着大脑袋，切断了视频。

电子屏渐渐变暗，重甲盯着屏幕发了一会儿呆，仰靠在沙发里，深深地抽了口烟，看着烟雾缓缓飘向天花板。

大胖是计算机高手，查出弹头的来源应该没有问题，问题是：已经死了这么多人，下一次，死的又会是谁？真的还要继续追查下去吗？

一个失踪的小女孩居然搞出了这么大的动静，这件事绝对不仅仅是一件绑架案那么简单，那位神神秘秘的般若面是什么来头？这件案子背后到底隐藏着什么阴谋？

还有龙心兰，这位过于性感、有洁癖又神神秘秘的女子，她怀有什么目的？她真的只是想找到小丽莎吗？

数不清的疑问争相涌上心头，连抽了两根香烟，却始终理不出头绪。

算了，想这么多做什么，随机应变就是。重甲熄掉烟头，闭上双眼靠在沙发里，渐渐堕入了梦乡。

“重甲，重甲，醒一醒。”淡淡的幽香随声而来，重甲不由自主地睁开了双眼。龙心兰站在他面前，长发披肩，浑身上下只裹着一条浴巾，修长白皙的大腿几乎一览无余。

“轮到你了，去洗澡。”龙心兰扬起双臂，把长长的黑发理到脑后，随随便便挽了个发髻。她胸前高耸的双峰不住地轻轻颤动，似乎随时都会挣脱浴巾的束缚。重甲不敢多看，答应一声，匆匆进了洗澡间。

重甲脱下内衣丢进自动洗衣机，刚刚打开淋浴，手腕上的终端机就微微震动起来。难道大胖已经查出来了？重甲抬起手腕，电子屏上果然出现了一条简讯，只有短短的几个字：跳蚤市场，费尔南。发信人正是大胖。

跳蚤市场就在下城区，距离并不远。重甲胡乱冲洗一遍，穿上背心短裤，就出了洗澡间。

龙心兰站在沙发前，盯着重甲放在扶手上的那枚弹头，似乎正在沉思。重甲走过去拈起弹头，道："已经查到卖家了，在跳蚤市场，咱们跟着这条线索，就能找出那名狙击手。"

"好。"龙心兰点点头，又若有若无地瞟了一眼重甲，"我订了两套衣服，很快就到，换好衣服，我们就出发。"

第九章

娱乐至死

无人出租的中控台上亮起了黄灯，并发出嘟嘟的提示音，距离目的地已不足一百米。重甲转过脸看看龙心兰，提醒道："在这里可要小心些，窃贼和黑帮分子遍地都是，一不留神就会惹祸上身。"

"明白。"龙心兰点点头，"跳蚤市场是全市罪案发生率最高的地方，我早有耳闻。"

出租车放慢速度停在路边，重甲和龙心兰下了车，抬起头打量着周围破败拥挤的建筑群。他们再次戴上了伪装面罩，现在看上去就是一对年过四十的中年男女，除非使用深层生物扫描，否则很难识破两人的真实身份。

夜幕低垂，年久失修的楼房和低矮的棚户杂乱地拥挤在一起，间或还有数百米高的综合居民楼。闪烁不定的广告投影在建筑上方缓缓旋转，行人摩肩接踵，浓烈的体臭和劣质香水的混合气息弥散在空气里，让人反胃。

跳蚤市场，规模最大的黑市，大都市的赘生物，法外之地。据说市场里什么都能买得到，食物或日常用品，防霾口罩或空气净化器，电动机车或送货无人机，床上伴侣或杀人武器……可说应有尽有。当然，前提是你要有足够多的钱。

这里黑帮横行，到处都是窃贼，是都市罪案发生率最高的区域。大都会总人口接近五千万，警方对此地也无能为力，只要不惹出太大的麻烦，他们也乐于不闻不问。

一个衣衫褴褛的中年人似乎是喝醉了，跌跌撞撞地向他们走来；两名衣着暴露的妓女站在路灯下，用满含诱惑的嗓音向重甲打着招呼。重甲没有理会，径直拉着龙心兰穿过街道，走向对面。

在一间低矮阴暗的杂货店里，重甲找到了他们要找的家伙，一位瘦瘦小小的白种人。对方看到有顾客光临，立即从柜台后迎出来，面带媚笑，殷勤地招呼道："两位晚上好，欢迎光临小店，请问能给你们提供什么服务？"

重甲并不急于回答，绕过杂乱的货物，走到柜台前，这才摸出那枚弹头，轻轻放在了柜台上，"费尔南，这种子弹，你有没有见过？"

小个头店主像是有点吃惊，盯着重甲上下打量片刻，又凑过来认真地看着那颗狭长的弹丸，最终摇了摇头，"这个看上去很不一般，很遗憾，我从来没有见过这玩意。"

"少他妈废话！"重甲变了脸色，声音也变得阴冷凶狠，"睁大你的狗眼仔细看看，这玩意就是你卖出去的。"

费尔南毫不畏缩，抬手轻轻捏了个响指，也板起脸孔，冷冷地道："两位是来找茬的？很遗憾，你们来错地方了。"

两名光头青年出现在店门外，迅速向龙心兰和重甲走来，各自伸出手臂，去抓两人的肩膀。

龙心兰竖起双眉，侧身避开，不让对方碰到自己的衣服。重甲却一动不动，任由光头青年扣住他的左肩，然后微微拧身，曲起手臂，肘尖正中对方的咽喉。

光头青年闷哼一声，松开手，软绵绵地倒了下去。另一名光头为之错愕，伸手从怀里摸出一把短刀，但不等他摆开架势，一只黑洞洞的枪口已经顶在了他眉心。光头青年顿时浑身僵硬，松开手指，任凭短刀铿然坠地。短刀尚在半空，重甲微微探身，伸出右手，将刀柄攥在了手里。

小个头店主也变了脸色，目光游移，右手悄悄地伸向柜台下。重甲又回过身，左手仍然举枪指着光头的眉心，右手刀却脱手飞出，霍地钉在了柜台上。

重甲盯着店主的双眼，冷冷地道："最好不要轻举妄动，这句话我只说一遍。"

费尔南看看仍在微微颤动的刀刃，咽了一口唾沫，高高举起双手，"有话好说，有话好说。"

重甲用枪口点点柜台上那枚弹头，"仔细想想，这玩意你卖给了谁？"

小个头店主又咽了一口唾沫，飞快地道："一位日本人，个头不算太高，脸上全是伤疤，而且……而且右眼戴着眼罩，但我不知道他的名字，我发誓，真的不知道他的名字！"

日本人，右眼戴着眼罩，满脸伤疤。这个形象早有所闻，重甲不觉微微一愣。龙心兰敏感地瞥了他一眼，问道："想起什么了？"

重甲默然片刻，点头道："我听说过这个人，一个可怕的家伙。"

独眼龙中村，日裔杀手，右眼安装着一枚电子眼，擅长狙击，可以远在数公里之外击毙目标。但中村最喜欢的是近身刺杀，用一把黑刃武士刀割断目标的肌肉和骨骼，再看着对方流血致死。

传说中村曾经刺杀过一个富豪，并且把富豪的私人卫队全部干掉，此外又顺带杀死了七八名追赶他的警察，然后从容遁去。星球安全理事局一直在通缉中村，但始终未能将其抓获。

对手又升级了，不再是普普通通的赏金猎手，而是杀人不眨眼的杀人狂魔。

“下一步怎么办？你有什么主意？”龙心兰端着咖啡杯，微侧着头，专注地看着重甲。

这是一家咖啡馆，位于上城区，装饰典雅雍容，很符合龙心兰的品位。离开跳蚤市场后，两人暂时想不出如何找到中村，就在此略作逗留。

重甲并没有动自己面前那杯威士忌，而是同样专注地看着龙心兰，淡淡地道：“下一步如何暂且不谈，我说，你也应该告诉我真相了吧。”

“真相？什么真相？”

重甲有些不快，耐住性子道：“一件绑架案居然闹出了这么大的动静，已经先后死了四个人，现在又冒出来一个超级杀手！你到底在查什么？”

“我要查出来小丽莎被绑到了哪里，然后再把她救出来。”

重甲端起酒杯一饮而尽，冷冷地道：“不肯说那就算了，任务到此结束，我不干了。”

龙心兰似笑非笑地看着重甲，“你该不是害怕了吧？”

“怕？贪生怕死的胆小鬼能做赏金猎手？”重甲取过酒瓶把杯子斟满，冷笑着说，“想让我继续帮你也行，我需要原因，还有更多酬金。”

龙心兰低下头沉默不语，似乎有些犹豫。重甲耐心地等待了两分钟，见龙心兰迟迟不肯开口，就站起身来，“那好吧，再见。”

“等一下。”黑发女子猛然抬起头，“我可以告诉你。”

重甲犹豫了两秒钟，最终缓缓坐回原地。及时退出或许才是更为明智的选择，不过，这件案子幕后到底隐藏着什么令人震惊的秘密？重甲对此有些好奇。

龙心兰呷了一口咖啡，品味片刻，才缓缓道：“不知道你是否关注过，最近几年，世界各地发生过许多起幼儿失踪案件，失踪的全部是2-5岁的儿童。我怀疑小丽莎的失踪和这些失踪案有极大关联，而马洛克等人的死更证实了这一点。”

“多起幼儿失踪案？”

“对，我详细统计过，至今为止，共有889个孩子失踪。但我相信，实际失踪的幼儿要远高于这个数字。”

将近九百个孩子！重甲心弦为之一颤，犹豫良久，才问道：“这么多孩子失踪，我怎么没见到过相关报道？”

“每个案例都有报道，但是，除了失踪幼儿的亲人，大多数人都不关注这个。网络上各种娱乐节目铺天盖地，人们关注的是那些，对过于沉重的话题往往视而不见。人们关注明星吃什么，穿什么，有没有出轨，和什么人牵过手，甚至走路先迈哪只脚，但对于人类是否应当飞向太空这个提案却漠不关心。”

说的也是，娱乐的确成了现代生活的标志，真正有价值的信息全被铺天盖地的明星绯闻、各种搞笑节目以及无孔不入的广告湮没了。诙谐取代了庄重，低俗取代了高雅，肤浅取代了深沉……

星辰大海曾经是人类的梦想。但是，人类已经变得越来越现实，活在当下，如何让自己活得更舒服更开心才是人们最关心的。好像有人说过这么一句话：人类早已放弃了星辰大海。

重甲对这一切深感厌倦，但他无能为力。

人类生存的这个世界，是一个真正意义上娱乐至死的世界，每天爆炸的信息流和泛娱乐的内容正在将我们的喜怒哀乐逐渐化为麻木不仁。

只有这个时代，段子手才会横行，人人都是逗比，笑点越来越高，精神越来越脆弱，情绪越来越扁平……我们总是说，生活太过艰难，所以休闲时间当然要疯狂娱乐。每个人都要为自己而活，所以，那位反对猎户座计划的竞选议员才会博得围观民众的满堂喝彩。

娱乐已经溢出互联网络，渗透进人类社会的每一个角落。可是，人类不能将政治、宗教、新闻、体育和商业等统统贬为娱乐的附庸，倘若如此，其结果就是人们将成为一个娱乐至死的物种。

早在二十世纪八十年代，一位叫作尼尔·波兹曼[①]的美国人就对此提出了郑重警告，可惜，时至如今，人类并未做出反省，反而愈加变本加厉。

其实真正的悲哀是什么呢？很多人可能从未想过，我们到底为什么要如此拼命地追求生产力的发展？这些物质自然是为了给极少数的“上层”人士创造的，他们处在金字塔顶端的第一阶层，却鞭策整个人类为他们付出努力。

重甲依稀记得这样一句话：人口的最佳比例是按照冰山模式——九分

① 尼尔·波兹曼：此处指尼尔·波兹曼的著作《娱乐至死》。

之八在水下，九分之一在水上。[1]

说得真对，可惜重甲不记得说这句话的人是谁。

看重甲默默不语，龙心兰又补充道："这些失踪案背后肯定隐藏着不可告人的秘密，我的目的就是把真相找出来。但是，我一个人的力量有限，需要你的帮助。"

"你打算怎么办？"

"继续调查，小丽莎的父母需要一个交代，而且，我不喜欢半途而废。"

这么多孩子失踪，其中隐藏的秘密一定惊天动地。重甲犹豫良久，最终点了点头，"好，我帮你。"

① 这句话出自赫胥黎《美丽新世界》。

第十章

独眼杀手

傍晚，龙心兰走上街头，在红绿灯前驻足片刻，然后随着人流穿过了路口。她今天打扮得特别性感，头发高高盘在脑后，火红色束带长裙，凹凸有致的身材尽显无遗，引得周围的路人纷纷侧目。

重甲跟在龙心兰身后不远处，脸上戴着龙心兰送给他的那副智能眼镜，时不时用漫不经心的目光左右扫视。他做了精心伪装，脸上戴着3D打印面罩，外套里面穿着两件防弹衣，看上去就是一位大腹便便的中年胖子。

装着消音器的手枪挂在腋下，两把短刀插在后腰，触手可及，此外重甲右脚靴筒里还别着另一把上满子弹的小手枪，堪称全副武装。这次要对付的是一位冷酷凶残的杀手，绝对不能掉以轻心。

重甲用智能眼镜盯着龙心兰看了看，眼镜片前方很快就出现一行文字：身份不明。很好，要的就是这种效果。重甲用目光轻触镜片左下方的虚拟按钮，唤出虚拟键盘，然后用目光打出一行文字：伪装效果很好，智能眼镜也无法识别你的身份。

几秒后重甲就收到了回应：你确信这办法有用吗？他再次用眼光打出一行文字，答道：放心，肯定有用。

龙心兰没有回答，隔了半分钟，才发过来几个字符：但愿如此。

他们的智能眼镜还可以用来通讯，这个办法是龙心兰教给重甲的。智能眼镜具备增强现实功能[①]，只需唤出虚拟键盘，再用目光敲击虚拟字符，就可以神不知鬼不觉地实现文字通讯。刚开始重甲还有点生疏，经常打错字，但稍加练习之后，已经能运用自如。

前方，龙心兰拐进一家珠宝店，随意挑选两件小饰品，之后又走出店门，登上了一辆无人出租车。重甲也跟着拦住一辆出租，不远不近地跟在龙心兰那辆车后面。

半小时后，出租车停在中央公园侧门，龙心兰那辆电动车已经在这儿停了两天，此刻仍安安稳稳地停在公园侧门外，就是车窗上不知被哪个顽童画上了一溜涂鸦。

公园位置偏僻，路面上几乎看不到行人。两人先后下了车，龙心兰回头看看重甲，迈步向自己的电动车走去。重甲摸出香烟叼在嘴上，仍然不紧不慢地跟在龙心兰身后。

龙心兰刚刚走到电动车旁边，一发子弹不知从何处飞来，宛如流光一线，正中重甲后背。子弹冲击力很大，重甲站立不稳，不由自主地扑倒在了地面上。龙心兰回头看看，发出一声尖叫，匆匆向公园内奔去。重甲也挣扎着爬起身，踉踉跄跄地跟着跑进了公园侧门。

对方的狙击枪威力超强，子弹似乎穿透了双层避弹衣，重甲甚至能感

① 增强现实：(Augmented Reality，简称 AR)，是一种实时地计算摄影机影像的位置及角度并加上相应图像的技术，这种技术的目标是在屏幕上把虚拟世界套在现实世界并进行互动。

觉到背心灼热，弹头在摩擦着他的后背。还好他特地穿多穿了一件，要不然这一枪足以让重甲一命归西。

公园里几乎没什么游客，倒是有几台清扫机器人正在工作。视野中看不到龙心兰，她应该按照计划躲了起来。重甲沿着林荫道跑了几分钟，最终坐倒在一个喷水池下，背靠池壁不住地喘息。

杀手会现身吗？重甲感觉有些紧张。

几分钟后，左侧一排绿萝左右分开，一位黑衣青年出现在重甲面前。

黑衣青年手中提着一把狙击步枪，右肩后面露着一截黑漆漆的刀柄。他看上去不算强壮，却有些让人反胃。头皮上没有头发，反倒布满纵横交错的疤痕，如同脑袋上爬满了黑红相间的蜈蚣。一枚电子眼嵌在他右眼窝里，隐隐闪动着血红色的光芒。

对方停在五六米开外，站定脚步，笑了，“居然想用这种办法引我出来，真是愚蠢！”

重甲也疲惫地笑了，“可你还是被引出来了，真正愚蠢的人，是你。”

“你以为我会上当？”中村抬起手指指自己的电子眼，“我的电子眼明察秋毫，五百米外飞过一只苍蝇也能看得清清楚楚。你找人戴上3D打印头套假扮龙心兰，这么低劣的小把戏，以为我看不出来吗？”

重甲嘴巴半张，露出了一副吃惊的模样。独眼杀手走上两步，“而且，你也不用假装了，我知道你穿着双层防弹衣，根本就没有受伤。”

“看来什么都瞒不过你。”重甲拍拍衣服上的灰尘，站起身来，问道，“不过我很奇怪，既然知道我的目的是为了引你现身，干吗不一枪打爆我的脑袋？”

“因为那样太无趣。”中村抛下狙击步枪，缓缓抽出背后的武士刀。刀长接近一米，刀刃和刀柄一样漆黑如墨，没有丝毫反光，“对付你这样的人，我更偏爱用刀。”

重甲摇头冷笑，“可惜，我没空陪你玩刀。”话音未落，他已拔枪在手，对准独眼杀手扣动了扳机。

没有命中，在重甲扣动扳机之前，中村已经稍稍侧身，避开了弹道。重甲又连开几枪，但仍是无一命中。弹丸嘶鸣着划过空气，钻进杀手背后的绿萝丛，没有给他造成任何伤害。中村的电子眼似乎能预先判断对手的动作，从而及时做出规避。

眼前黑影闪动，刀光亮起，如同半空中劈下了一道黑漆漆的闪电。重甲沉肩滑步，避开这致命的一刀，刚刚掉转枪口瞄准对方，刀光已再次闪来，“嚓”的一声轻响，枪管竟然被中村一刀劈成两截。

对方的武士刀不知道用了什么材质，竟然无坚不摧！重甲微微一凛，眼看独眼杀手已再次扑来，急忙将枪柄砸向他面门，同时一个跟头向后翻出。

中村从容挥刀，把枪柄凌空劈开。重甲乘机挺身站起，从背后抽出了自己那两把短刀。原本他想拔出靴筒里暗藏的小手枪，但又感觉时机未到，对方还没有放松警惕。中村的电子眼突出在眼眶之外，不住四处转动，显然在搜索附近有没有威胁。

要我出手吗？一串字符突然出现在眼镜片前方，显然龙心兰已经有些着急了。

“不，等……”重甲刚打出两个字，中村又闪电般掠到了他面前，武士刀拦腰斩来。重甲急忙闪身避开，刀锋过处，刚买的新衣服又被割开了一个长长的口子，外层避弹衣也未能幸免。

避弹衣也挡不住对方无坚不摧的武士刀。重甲不敢用短刀挡独眼杀手的刀刃，只能左右闪避，待机偷袭。对方也穿着避弹衣，而且是从头颈到足踝的全身型避弹衣，只有头部是唯一的破绽。可惜中村速度极快，他很难抓住那个破绽。

中村黑刀挥舞，着着抢攻，重甲左支右绌，步步后退。缠斗片刻，重甲再退一步，后背突然撞上了一块假山石。中村面带狞笑，电子眼牢牢地盯住重甲，武士刀平胸斩来，似乎要把他一刀两断。

武士刀来势极快，犹如一道模模糊糊的黑影，转瞬间就到了胸前。重甲避无可避，只好竖起短刀，硬挡住对方的刀刃。细微的响声掠过，黑刃破开钢刀，两把粉末钢短刀先后被斩成两截。

接连斩断两把短刀，中村的刀势稍稍缓了那么一瞬，重甲乘机一个侧翻，躲开了这致命一击。武士刀落在假山石上，一人多高的假山也从中断成了两截。

石屑纷飞，上半截假山斜斜倾倒，假山后，龙心兰的身影悄然显现，双手执枪，枪口稳稳地指着独眼杀手。

枪声响起，中村的电子眼轰然爆开。

假山石滚落在地，中村丢掉武士刀，双手捂住面孔踉跄后退。重甲故意把中村引到假山石前，目的就是让龙心兰打爆他的电子眼，没有电子眼提供动作预判和战术分析，拿下独眼杀手易如反掌。

龙心兰缓步绕过假山石，枪口始终牢牢地指着中村。重甲丢掉断刀，也拔出靴筒里的小手枪指向中村，“站住，举起双手，不要再试图抵抗，我们枪膛装的全是穿甲弹。”

中村不再后退，慢慢举起手臂，用仅存的左眼恶狠狠地瞪视着龙心兰。他的右眼只剩了一个血肉模糊的窟窿，犹有鲜血从中不断涌出。

龙心兰举起左手，轻轻揭去面罩，露出了自己的脸孔。面罩下，仍然是龙心兰那俏丽的面容。只是她脸上像是涂着一层荧光剂，在夕阳的余晖下微微发亮。

引出杀手其实很简单，中村受命追杀龙心兰和重甲，他们两个只需要去掉伪装，在公共场合露露面，就能引起对方的注意。只是这个方法太过危险，或许他们刚刚现身，就会被一发迎面而来的子弹穿过头颅。

重甲用龙心兰做模型，打印出一个3D生物面罩，又让龙心兰在身上和脸上涂抹了抗电磁涂层。这样一来，监控器或电子眼的智能识别系统就无法判断她的真实身份，从而让中村误以为有人假扮龙心兰。

当然，这个计划有很大的危险性。中村喜欢用武士刀肢解目标，所以重甲才故意让龙心兰来到中央公园，傍晚时分，这儿几乎没什么游客，中村应该不会放过这个虐杀对手的好机会。果不其然，重甲赌对了。

龙心兰迎着中村满怀恶毒的目光，毫不畏惧地说：“中村，很多国家都在通缉你，我们只需把你交出去，就能换来一大笔赏金。可我们不用那么做，你只要说出雇主的身份，我们就可以放你走。”

独眼杀手沉默片刻，高傲地扬起了下巴，“不。”

“我知道这么做有违你的原则，但请你想一想，我们在追查近千名幼儿失踪的案件，那可是将近一千名孩子的生命！”

“不。”龙心兰的话语似乎撞上了铜墙铁壁，中村的表情依然没有丝毫变化。

重甲上前两步，把枪口对准中村的面孔，冷冷地道：“混蛋，你难道就没有丝毫怜悯之心吗？”

“你说对了，我从来不知道什么叫作怜悯。”中村慢慢咧开嘴，露出了一个满怀恶毒的笑，“我只知道如何完成任务，这是一个杀手的尊严。”

好像有点儿不对劲。看着中村喷吐着疯狂的独眼，重甲心头油然浮出了一丝恐惧。他抬手按住智能眼镜的边框，给独眼杀手做了个全身扫描。中村的避弹衣似乎涂有低红外抗热涂层，不过智能眼镜还是能够分辨出他衣服下藏着什么。上身无异常，腰间……腰带里并排插着三根筒状物，难道是炸弹？

不等重甲出声提醒，中村的右手已飞快伸向腰间。重甲当机立断，纵身跃起，用自己的身体挡在了龙心兰面前。

随着一声惊天动地的巨响，中村腰间的高能炸药爆炸了。重甲下意识地举起双手，护住了脸颊。血肉横飞，独眼杀手瞬间粉身碎骨。灼热的气浪扑面而来，重甲不由自主地腾空而起，远远地摔了出去。

大地在旋转，周围的一切似乎都在旋转，视野迅速变暗，不等落回地面，重甲就昏了过去。

第十一章

基因病毒

“该起床了，亲爱的。”略带沙哑的低语声在耳边响起，温暖柔软的嘴唇吻在重甲的脸颊。

重甲睡眼蒙眬地咕哝着，伸出手臂环住阿梅的纤腰，用下巴上的胡茬儿去蹭她的脖颈。阿梅咯咯大笑，挣脱重甲的搂抱，在他屁股上拍了一巴掌，“你忘了今天是什么日子吗？快起床，懒虫！”

“没有，没有，我怎么会忘呢？”重甲打着哈欠睁开双眼，“今天可是我们的结婚周年纪念日，仅次于我出生的大日子。”

“怎么？结婚周年比不上你生日重要吗？”阿梅故作不满地嘟起了嘴。

“那当然，我不出世的话，怎么有机会遇到我生命中最重要的人呢！”

“这还差不多。”阿梅满意地笑了，按动床头柜上的控制键，窗帘徐徐滑开，自行折叠收拢。向阳面的玻璃窗渐渐变得透明了，明媚的阳光倾泻到卧室的每一个角落。阿梅沐浴在阳光里，长长的黑发瀑布般泻落肩头，她的脸庞和发丝都泛着七色光晕，看上去既圣洁又美丽，如同天使降临凡间。

“再给我一个吻。”重甲掀开毯子伸出双手。

阿梅又笑了，轻轻俯下身子，给了重甲一个满含温情的吻。她的气息暖暖的，唇齿间依稀带着丝丝香甜。

不对，重甲怵然惊心。

阿梅已经死去很久了，这只是梦，他在做梦。

重甲睁开了双眼。

周围光线柔和，明亮，但不刺眼。他身上盖着一条毯子，身下的床单柔滑如同丝绸。床前有两张可供访客歇息的沙发，乳白色的墙壁上挂着超薄电视，床头柜上，一束康乃馨正在花瓶里静静地散发着芬芳。

龙心兰蜷缩在一张沙发里，脑袋枕着手肘，黑发垂落在颊边，随着呼吸缓缓起伏，似乎是睡着了。从重甲的角度看出去，黑发女子的脸颊和发丝像是泛着一层朦朦胧胧的柔光，仿佛她只是重甲幻想出来的人儿，并不是真实的存在。

这里应该是一间单人病房，不知道昏迷了多久。重甲抬起双手看了看，五根手指完好无损，每一条肌肉纤维都处于原来的位置，只是前臂上缠着厚厚的绷带，还在隐隐作痛。他又掀开毯子，发现全身上下只剩了一条短裤，但未见伤痕。

手臂应该被爆炸的热浪灼伤了，还好，没什么大碍。重甲挣扎着坐起身来，但一阵突如其来的眩晕又让他重新躺回了病床上。

“重甲，你醒啦！”龙心兰从梦中惊醒，揉揉眼睛，敏捷地跳起身来，快步走到病床前。

脑袋有些晕晕的，重甲只得暂时放弃起身的打算，问道：“我昏迷了多久？”

“到现在为止，整整七十二个小时。”龙心兰看看自己的终端机，又探过身把毯子替重甲拉好，柔声道："先不要急着起来，你受了严重脑震荡，内脏出血，前臂也被严重烧伤，需要卧床休息。"

严重脑震荡，没被炸死已经是不幸中的大幸了。中村居然在腰带里藏着高能炸药，真他妈是个疯子！

龙心兰并不急于起身，凑到重甲面前，满含温柔地在他额头印了一个吻，"谢谢你！重甲，你救了我。"

幽香阵阵，长长的黑发垂落在重甲脸上，痒痒的，但很舒服。重甲感觉脸颊微微发热，忙把脑袋转向一边，掩饰道："那个……没什么，我穿着避弹衣呢，保护你是应该的，再说，你是大雇主，万一你有点什么意外，我找谁要酬金去？"

龙心兰"扑哧"一声笑了，又在重甲脸上亲了亲，"你还会开玩笑啊，真是出乎意料。"

气氛不太对，似乎有点调情的感觉。重甲没有回答，转口道："那个……警察有没有来问话？"

"来过了，已经证实中村是自杀而死，不会追究我们的责任。老实说，我们给星球安全理事局帮了一个大忙。"

"这几天有没有动静？"

"没有，前几天闹的动静已经够大了，新闻每天都在播放公园爆炸事件，估计对方暂时不会再来追杀我们。"龙心兰伸手指指门外，笑着补充道，"走廊里坐着两名警察，是警局局长派来保护我们的。"

指望警察保护根本没用，像中村那样的职业杀手有上千种办法可以避过警察的耳目，必要时甚至连警察也照杀不误。暂时没有动静，只能解释为公园爆炸事件太过引人注目。如果继续追查下去，对方肯定不会放过他们。

重甲恢复得很快，第二天已经能够下床活动，第三天就拆除了绷带。加速愈合凝胶效果非常好，他的前臂没有留下任何疤痕，只是颜色比正常皮肤要稍微浅一些。重甲要求出院，龙心兰却不太放心，坚持要他再留院观察两天。重甲拗不过她，只好继续躺在医院里。

第四天清晨，龙心兰叫了两份外卖，两人正在吃饭，她的个人终端忽然震动起来。龙心兰低头看看，先是一愣，继而笑道："是王教授，他要我们去一趟，肯定是检测结果出来了。"

终于有结果了！连番被人追杀，差点儿丢掉性命，这让重甲极为烦躁，他想尽快把躲在幕后的家伙揪出来。

重甲压下心中的兴奋，问道："是不是可以出院了？"

龙心兰犹豫片刻，"你感觉身体怎样？"

"绝对没问题。"重甲曲起右臂，摆出了一个力度十足的造型。

办好出院手续，两人登上了龙心兰的电动轿车，龙心兰正想在中控平台上输入目的地，重甲却伸手拦住了她，"等一下，咱们先去另外一个地方。"

龙心兰微微一愣，"你怕有人跟踪？"

"这只是原因之一，另外，我要补充一些装备。"

重甲的配枪和短刀都被独眼杀手劈成了两半，目前的防身武器仅有一把小手枪，万一再次遇到中村那样的对手，一把小手枪恐怕无济于事。

"放心，我早有准备。"龙心兰嫣然一笑，伸手在中控台电子屏幕上唤出操作菜单，然后点了点一个没有标注的红色图标。

身后发出轻微的嗡嗡声，重甲回头一看，却见后座已经向上翻开，一个摆满枪械弹药的武器柜赫然出现在他面前。狙击步枪、突击步枪、微型冲锋枪、手枪、手雷、炸弹、武士刀、短刀……甚至还有一张附带火控系统的折叠反曲弓。

“你居然在车里藏着一个武器库！”重甲吹了一声口哨，用来表示自己的惊叹。

“职业需要。”龙心兰微笑着摆摆手,“你自己挑吧。”

私家侦探根本不需要这么多武器装备，黑发女子又在说谎。重甲犹豫片刻，伸手拎起一把沉甸甸的大手枪。那是改装过的灰熊手枪，附带激光瞄准器，使用标准7.62mm步枪弹，射程及杀伤力远非普通手枪可比。

“眼光不错。”龙心兰点头赞许，“三十米内，这把枪可以射穿普通防弹衣，威力十足。”

重甲卸掉弹夹检查一遍，然后又抓起两个备用弹夹和两枚筒型手雷，道：“可以了，咱们出发。”

驶出医院，龙心兰先让电动车在市区内兜了两圈，确认无人跟踪，才直奔生化检测中心。

和上次一样，检测中心大门外仍然看不到保安，他们再次在二楼办公室见到了王教授。

看到龙心兰，王教授立即迎上前来，迫不及待地道：“小兰，你终于来了，前几天你送来的样本我已经做了详细检测，结果实在出人意料，甚至可以说是前所未有的重大发现！”

发现什么了？干吗这么激动？看着满脸兴奋的王教授，重甲感觉有点好奇。

龙心兰也十分好奇，问道："发现什么了？"

"一两句话说不清楚，你们跟我来。"

王教授拉起龙心兰走进上次那间实验室，指着房间中央的检测仪，道："我这就给你们演示一下。"

王教授从标本柜里拿出两个试管塞进检测仪，又熟练地打开了电脑。电脑屏幕不断刷新，最终，画面中出现了一个杆状的病毒三维模型。王教授指着屏幕说："看，罪魁祸首就是这个，一种前所未见的DNA病毒，它就是杀人凶手。"

重甲也凑过去仔细看了看，然后摇起了头，"抱歉，我看不出什么。"

"先不要急。"王教授转身按下检测仪控制面板上的两个按键，检测仪启动了，并发出嗡嗡的声音。王教授回头对龙心兰和重甲解释道："我放进检测仪的就是你送来的标本，另外一个试管里是正常人的血液样本，现在我把它们混合，看看接下来会发生什么。

"这种病毒起效很快，分裂速度呈几何级数递增，从感染到宿主死亡，最多不会超过两分钟，如果直接侵入血液系统，则会在半分钟内杀死宿主。"

两分钟后，检测仪停止了运行。王教授伸手在电脑屏幕上点击一下，微笑道："再看。"

屏幕上的病毒模型开始旋转起来，并伸出了一个小小的触手，勾住旁边的蛋白质粒，然后病毒扭曲变形，将蛋白质粒完全覆盖。几秒钟后，杆状病毒消失了，屏幕上只剩下那枚蛋白质粒，似乎什么事都未曾发生。

“我特意用了慢放，实际上，这一过程只有零点五秒。”王教授又点了一下屏幕，画面固定不动了，他转过头看着重甲和龙心兰，“现在你们明白了吗？”

病毒一旦侵入人体，就会在极短的时间内杀死宿主，不过，那个触手又说明了什么？重甲依然满头雾水。

“明白了。”龙心兰长长地吐出一口气，叹道，“这种病毒具备变形能力，就是它感染了人体细胞。被感染的细胞具备正常细胞的形状，却不具备正常细胞的功能。被感染之后，人体组织就失去了原有的作用，所以受害人才会死去。而且，感染过程一旦结束，病毒就会停止活动，即使从细胞和分子层面上也看不出什么异常，所以很难找到原因何在。”

“完全正确！”王教授厚厚的眼镜片后透出了几分难以压抑的兴奋，“警方应该只检测了被害人的器官组织，但是，宿主死亡之后，病毒已经失去了活性，所以他们才会认为受害人是死于器官衰竭。”

王教授随手拿起一摞检测报告递给龙心兰，“这些天，我已经对比过许多资料，最终认定：这是一种前所未见的新型病毒！”

“而且，自然界中不存在这样的病毒，它是人为制造的基因武器。”

重甲怵然惊心，愣愣地看着检测仪，道：“基因武器？这玩意一旦扩散，那岂不是非常危险！”

“那倒不至于。”王教授扶扶眼镜框，解释道，“这种病毒极易灭活，一旦暴露在自然环境下，几十秒钟内就会失去活性，无法利用空气作为传播媒介，不会造成大规模感染。目前来说，这种病毒仅适用于单个目标，这种特性也是我认为它是人为制造的主要原因。”

暴露在自然环境中就无法存活，而且会很快杀死宿主，确实，自然界里不可能存在这种病毒。

“适用于单个目标，专用于暗杀的基因病毒？”龙心兰眉头紧皱，若有所思地盯着电脑屏幕。

第十二章

生物科技

回程的路上，重甲一直沉着脸，怏怏不乐。马洛克和林曼娜的死亡原因查出来了，但是小丽莎的失踪案仍然毫无头绪，他们仍然不清楚躲在幕后的那位戴着般若面具的神秘人到底是什么身份。

龙心兰似乎毫不在意，问道："我们已经查清了马洛克的死因，这是重大突破，你干吗还板着脸？"

重甲摇摇头，叹道："咱们还不清楚绑架小丽莎的主谋是什么人，而且那个带着般若面具的家伙也始终没有露面，仅仅知道死因无济于事。"

"是吗？"龙心兰笑了，"我倒不那么认为，生物实验室世界各地都有，但能够人工合成基因病毒的实验室却屈指可数，而且，世界上最先进的生物实验室就在本地。"

这句话什么意思？重甲思索片刻，不觉皱起了眉头，"你是说……维兰德生物科技？"

龙心兰侧过脸颊，用她那双清澈明亮的大眼睛专注地看着重甲，"你猜对了，就是维兰德生物科技。"

重甲心头酸酸热热的，阿梅那俏丽的身影在记忆深处悄然浮现，遥远、朦胧却又清晰无比。重甲不愿让龙心兰看出自己的心思，摸出香烟，点上火深深地抽了一口，转过头望向窗外，默默不语。

这个世界变化飞快，原有的政治体系似乎有些跟不上科技水平的发展，国家的影响力日渐衰退。经济和科技发展“逆全球化”似乎不太可能，政治全球化也就成了唯一有效的方法，有些比较激进的人甚至在网络上公开呼吁打破国家的边界，建立以大都市为核心的地缘政治。所以人类才成立了欧联，亚联，美联三大政体，并创立星球安全理事局，协管全球事务。

许多老牌大公司日益没落，之前名不见经传的小公司则迅速崛起，维兰德生物科技就是其中之一。

维兰德生物科技原本极其低调，很多人不知道他们的存在。细胞端粒再造技术取得突破性进展之后，“维兰德生物科技有限公司”这个名字才首度公开出现在世人面前。

细胞染色体的末端有DNA–蛋白质复合物组成的一种特殊结构，这一结构就称为端粒。端粒具有维护染色体稳定、防止端粒DNA降解等作用。随着DNA复制和分解，端粒的长度会逐渐缩短。染色体端粒缩短到一定程度，就无法继续维持染色体的稳定，细胞就会老化、死亡。可以说，保持染色体端粒的稳定，就是长寿的关键。

2016年，科学家们首次在实验室里合成了单细胞真核生物的染色体。此后，人类就开始在合成生物学领域内大步迈进。人体基因由三十亿个碱基对组成，远比真核生物复杂，如今的科技水准还达不到合成人体基因的地步，但维持端粒的稳定已不再是一个遥不可及的梦。

保持染色体端粒的稳定是长寿的关键。端粒再造又被称为基因修补，通过基因修补术可以减缓人类细胞染色体端粒的缩短过程，也就是说，可以延缓人类的衰老速度。经过基因修补的人能健康地活到一百五十岁，只是手术流程相当烦琐，更重要的是，非常烧钱。其费用需要用“千万”来做计量，工薪阶层根本无力承受。

人类已经破解了长寿的秘密，可是，只有生活在社会顶层的精英人士才能享受这一成果。

凭借在人体细胞端粒再造技术上的突破，维兰德生物科技一跃成为世人瞩目的焦点，而他们更在端粒再造中获得了巨额回报。如今，维兰德生物科技已经是世界上最强大的经济实体之一，它不仅仅是一家公司，更是一个正在迅速崛起的商业帝国。

维兰德生物科技总部就在本市，确切地说，位于市区北郊。但是，仅仅凭借这种人工合成的基因病毒，就能认定那些幼儿失踪案和维兰德科技有关吗？

维兰德生物科技……对于重甲来说，这是一个值得痛恨的名字，提到这个名字，他就会想起阿梅。或者说，他从来没有忘记过阿梅。

龙心兰专程来委托他，难道就是这个原因？不，不太可能，几乎没有人知道那段不堪回首的往事。

重甲尽量保持着平静，只是用略含怀疑的目光盯着龙心兰，摇头道：“不仅仅维兰德科技能够合成基因病毒，卡洛斯，普罗米伽，姆比……甚至赛博公司也具备合成基因病毒的能力。你这个结论，是不是有点太武断了？”

龙心兰笑着摇摇头，解释道：“我只是推测，并没有做出结论。”

维兰德科技财雄势大，与多国政府都有着密切的联系，调查他们实在不是一个明智的选择。面对维兰德科技，大多数猎手都会选择明哲保身，但是重甲不会，重甲不是大多数人。

“今天晚上，我们就去维兰德总部探一探，看能否潜入进去。”龙心兰平静地看着重甲，似乎已经下定了决心。

黑发女子坚持要调查维兰德，她肯定有自己的理由。重甲勉强压下心中隐隐约约的激动，放落车窗，随手弹出烟蒂，尽量不动声色地道：“怎么感觉你认定了维兰德科技就是幕后主谋？”

龙心兰抬手按下中控，让电动车停在路边，接着打开自己的个人终端，将一张全息图投射在两人面前。

全息图显示的是世界地图，上面还密密麻麻地布满了绿色光点，重甲仔细看了看，却不明所以。

龙心兰放大全息屏，指着其中某个绿色光点道：“这几年发生的幼儿失踪案我全部做过统计，图中的绿色光点就是案件发生地点，世界各地都有，似乎没什么规律。但是，中州市只有过一例，就是马洛克绑架小丽莎那次。”

重甲又仔细看了看，龙心兰所指的那个光点就位于中州。只有一例失踪案发生在本地，这能说明什么？寻思许久，重甲心中微微一动，维兰德科技总部也位于中州，难道这就是龙心兰坚持要调查他们的原因？

仿佛看穿了重甲的心思，龙心兰主动解释道：“是的，维兰德总部就在中州市，当然仅仅这个说明不了什么，但是，如果把马洛克被杀一事考虑进去，就足以让我对维兰德科技产生怀疑。”

“你的判断太过主观。”重甲摇了摇头，“因为我们在追踪马洛克，幕后主使害怕泄密，所以才会杀掉他。”

龙心兰笑着摇摇头，“刚开始我也是这么想的，后来才发觉不是。在我们开始追踪马洛克之前，那位戴着般若面具的神秘人就把基因病毒交给了林曼娜，可以说，就是我们不跟进调查，马洛克也一样要死。”

这个推论有点道理。重甲点点头，随后又耸了耸肩，道：“但是，这个推论还是无法和维兰德科技联系到一起。”

“请你听我解释。”龙心兰再次按动终端机，调出几张图片投射到重甲面前。图片中似乎是居民楼的玻璃窗，奇怪的是，每扇窗都被某种切割工具切开了一个圆形的大洞，有一米方圆，足以让成年男性从容出入。

龙心兰指指图片，耐心地道：“这几宗幼儿失踪案手法相同，居住环境也比较接近，都住在50层以上，距地面将近二百米。入侵者首先切断安保系统，破窗而入，带走孩子，然后原路离开。前几张图片案发地点都不在本市，最后这张图片，失踪的孩子就是小丽莎。”

重甲微微皱起眉头，“你是说，这几起幼儿失踪案全是马洛克干的？”

“对，你还记得马洛克的飞行翼吧，利用飞行翼，他可以从空中飞到卧室窗外，切开玻璃窗，再带着孩子从容飞走。马洛克经验丰富，手法娴熟，警方很难追查。

“马洛克不止一次绑架幼儿，但最后这一次，或许是偷懒，或许是别的原因，他没有去外地，而是选择了在本地作案。幕后主使对此很不高兴，所以才会杀掉马洛克。

“之前所有的幼儿失踪案从未发生在本地，这应该不是巧合，而是对方特意避开了这个地点，他们不想让人们认为中州市与幼儿失踪有任何联系。

“马洛克是个很有能力的猎手，但对方毫不犹豫地杀了他，这种举动足以说明，小丽莎的失踪会给他们带来很大麻烦。小丽莎是本地人，而维兰德生物科技又是本地唯一有能力合成基因病毒的机构，综合以上推论，我有理由对维兰德展开调查。”

黑发女子的推论似乎有些道理，幼儿失踪案的主谋或许就在本地。目前无法确认维兰德科技是否与这些失踪案有关，但基因病毒是当前唯一的线索，只能顺着这条线查下去。

调查维兰德科技，难度极大，危险性更高，但重甲是个喜欢挑战的人，而且，对于维兰德科技，他还有一笔旧账要算。

半晌，重甲才耸了耸肩，道：“那好吧，你是雇主。但我要警告你，维兰德科技总部防卫森严，不可能潜入。”

第十三章

潜入失败

夜色浓重如墨，电动轿车驶下路基，悄无声息地停在几株冬青树下。道路尽头是一栋气派非凡的大厦，以傲然挺拔之姿直指夜空。华灯齐射，高分子玻璃幕墙上，金色的DNA双螺旋标志熠熠生辉。

维兰德生物科技，全世界最权威的生物科技有限公司之一，那些想活得更长久的富豪们大都会来这里接受基因修补，当然，重甲没有这个福分。

“我们到了。”龙心兰关掉电动轿车，抬手指指矗立在夜色中的大厦，“那就是维兰德科技总部。”

龙心兰故意把车子停得很远，而且利用冬青树作为掩护，很显然，出发之前她就摸清了周边环境。重甲低头看看车内的时钟，还不到深夜一点，时间充足。

重甲推门下车，半蹲在一株冬青树旁，戴上智能眼镜仔细观察。距离太远，只能看到大厦外围是一圈金属护栏，高度超过两米，每根栏杆顶部都装着一台小巧的全方位监控器，中间还扯着铁丝网。一扇合金大门正对着大厦，大门边是一座岗亭，两名保安坐在岗亭里，另外还有两名保安正在大门外慵懒地踱着步。

枝叶微微晃动，龙心兰也下了车，走到重甲身边，将一支双筒望远镜递到他面前，“用这个，看得更清楚。”

重甲摇摇头，摸出金属匣，把右手拇指按在匣子上。片刻后，一只小小的侦察蝇从中爬出，展开双翅，绕过冬青树，向夜空中嗡嗡飞去。

龙心兰笑了笑，道：“又是这个啊，是不是太老套了点？”

“尽管放心，这玩意体积小，速度快，监控器很难捕捉到。”重甲故意用若无其事的口吻说出了这句话，之后又补充道，“如果连侦察蝇都进不去，那我们也别想了。”

侦察蝇飞远了，重甲抬起左腕，点亮终端机电子屏，操控侦察蝇飞向大门。

电子屏幕中，两扇合金大门逐渐变大，保安们的脸孔也渐渐清晰，侦察蝇已经接近目标。

保安们装备着对讲机和警棍，此外腰间还各自配着一把手枪。重甲微感吃惊，让侦察蝇落在一片草叶上，将摄像头对准那几名保安，调高了焦距。

枪柄和制式武器不同，保安腰带上也没有备用弹夹，原来只是电击枪。重甲稍稍放下心来，四周巡视一圈，再次遥控侦察蝇越过围栏，向维兰德科技总部大厦飞去。

大门后是宽阔笔直的林荫道，尽头处是一个喷水池。道路两边的人工草坪修剪得整整齐齐，几名警卫在林荫道上悠闲地踱着八字步，但这些警卫配备的不再是电击枪，而是微型冲锋枪，而且还身穿避弹衣，戴着夜视镜，堪称全副武装。

龙心兰凑到重甲身边，细声细气地说：“你用这个侦察蝇进不去实验室的，之前我查过，他们的实验室在地下，安保很严。”

几缕黑发垂落在重甲颊边，痒痒的，一股若有若无的幽香在空气中悄然涌动。幽香如兰，龙心兰，还真是人如其名。

重甲稍稍挪开身子，随口道："知道，我只是看看有没有漏洞，当然，能查到一些有用的消息更好。"

龙心兰摇摇头，"没用的，这个时候公司早下班了，实验室和资料库已全部封闭，仅用侦察蝇没法打开。"

重甲不再回答，再次把注意力集中在终端机屏幕上。他的目的是摸清维兰德科技的安防，这是做好调查工作的第一步，但懒得再向龙心兰解释。

大门距离大厦只有几百米，算不上远，但侦察蝇的飞行速度并不快，还忽进忽退，又远远地绕着大厦兜了个大圈子，半个多小时后，距离维兰德大厦仍有将近二百米。

龙心兰似乎有点不耐烦，稍稍皱起眉头，"你怎么老在兜圈子？不能让它飞快一点？"

重甲让侦察蝇悬停在半空中，回过头看着龙心兰，淡淡地道："我好像说过，我不喜欢别人对我指手画脚。"

龙心兰颇不服气，反驳道："照你这种速度，天亮了也进不去大厦。"

重甲耸耸肩，腾出一只手慢吞吞地摸出香烟，又慢吞吞地点上火抽了一口，然后才慢吞吞地道："你既然找了我，就得按我的方式来。"

龙心兰沉下脸来，抿起嘴，皱起双眉，似乎是生气了。黑发女子的眼睛很美，但在这双眼睛里看不到柔媚，他看到了自信、坚定，以及隐隐约约的急切。重甲见过这样的眼神。

真像啊，和记忆中的眼神太像了。

重甲不忍心再惹她生气，那种眼神让他心弦颤抖。重甲又抽了口烟，指指电子屏，轻声道："你看看这个。"

画面中是一个监控器，隐藏在浓密的枝叶中，还涂着近似树干的保护色，如果不仔细观察，很容易忽略。龙心兰回头看了看，撇着嘴道："不就是个摄像头么，怎么了？"

"还有这个。"

这一次，画面中是一台小型无人旋翼机，稳稳地悬停在半空中，机身涂成了黑色，与黑漆漆的夜空几乎融为了一体。

"围绕大厦布满了这种监控器和无人机，天空和地面都处于监视之下，几乎找不到死角。"重甲又调出另一张画面，"你再看看这个。"

这一次，出现在画面里的是个黑乎乎的玩意，呈半球形，扣在地面上，在草丛中若隐若现。

龙心兰盯着电子屏看了一会儿，继而缓缓竖起了双眉，"动态探知器？"

"对，动态探知器。"重甲点点头，解释道，"这玩意能感应到移动物体，和监控器一样，布满大厦周围，找不到死角。安保系统一旦启用，我们无论从哪个方向进去都会被发现。

"而且，这还只是大厦外围，大厦内的情况还不得而知。但我可以断定，维兰德科技总部的安防是军事基地级别的，直接潜入的可能性无限接近于零。"

龙心兰沉默片刻，忽然道："使用潜入作战服怎么样？附带电磁干扰，监控器和无人机都很难觉察。"

“不行，动态探知器会发现咱们。”重甲摇摇头，补充道，“我让侦察蝇绕着大厦飞了一圈，没有发现探知器的监控死角。”

“动态探知器确实是个难题。”龙心兰也摇了摇头，叹道，“监控器，无人机，动态探知器，三位一体，毫无疏漏，看来维兰德科技真的很担心端粒修补技术失窃。”

“那是当然，端粒修补可是他们的主要收入来源。”重甲收起心思，操纵侦察蝇向大厦飞去。外围的情况基本摸清了，他要看看大厦内部的安防，侦察蝇体型微小，随便找个缝隙或通风口就能钻进去。

这次侦察蝇速度很快，仅两分钟就抵达了大厦正门。玻璃大门紧紧闭合，找不到缝隙，重甲操纵侦察蝇缓缓爬升，用摄像头仔细扫描高分子玻璃幕墙，但仍未找到足以通过的缝隙。

似乎只能走通风管道了。重甲让侦察蝇悬在空中，摄像头则对准下方，没多久，果然在贴近地面的位置发现了一个很隐蔽的通风口。

侦察蝇翩然下落，无声无息地落在通风口格栅面板上，穿过格栅间的空隙，爬进了通风管道。

管道内一团漆黑，重甲启动红外线夜视模式，让侦察蝇继续前进。没过两分钟，前方两个微弱的光点吸引了重甲的注意，他急忙让侦察蝇停下，转动摄像头仔细观察。

光点呈绿色，分别附在两侧的管道壁上，一左一右，完全对称。激光报警器。侦察蝇能贴着管壁爬过去，但更大的物体就不行了，如果强行通过，立即就会触发警报。

就算勉强通过大厦外围，也没法利用通风管道爬进去。看重甲沉思不语，龙心兰凑过来悄声问道：“怎么啦？”

“没什么，不过是激光报警器罢了，老掉牙的玩意。”重甲操控侦察蝇从报警器下方爬过，继续向前。

又过了几分钟，一个格栅面板出现在管道壁右侧。重甲让侦察蝇飞过去落在面板上，透过间隙，能看到几根高大的立柱和半环形的楼梯，应该是一楼大厅。

成功潜入。重甲不仅微感得意，正打算让侦察蝇飞出去，几条带状干扰波突然在终端机屏幕上一闪而过。

不好！重甲心中一凛，手忙脚乱地按动屏幕，想让侦察蝇飞回来，可惜已经晚了。干扰波再次出现，密密麻麻地布满整个屏幕，画面先是左右晃动，然后突然黑屏，个人终端与侦察蝇失去了联系。

“见鬼！”重甲盯着变黑的电子屏幕，满心沮丧。龙心兰凑过来，满脸不解地问：“怎么了？”

“电磁干扰，侦察蝇被摧毁了。”重甲抬起头，望着夜色中的大厦默默沉思。维兰德科技的安防居然滴水不漏，实在令人吃惊。懊恼之余，重甲胸中却又涌起了一股亢奋。这次的调查难度极大，但正合重甲的心意，他不喜欢平平淡淡的日子，他喜欢挑战。

良久，重甲才转过头，叹道：“我早就说过，不可能潜入。今天先这样吧，我们回去。”

龙心兰淡淡一笑，“没关系，我有个主意，”

“什么主意？”重甲有些不解。

“敲山震虎。”龙心兰淡淡地笑了，“既然没办法偷偷潜入，那就光明正大地走进去。”

光明正大地走进去？重甲愣愣地看着镇定自若的龙心兰，一头雾水。

第十四章

首次侦察

“该起床了，亲爱的。”略带沙哑的低语声在耳边响起，温暖柔软的嘴唇吻上了重甲的脸颊。

重甲睡眼蒙眬地咕哝着，伸出手臂环住阿梅的纤腰，用下巴上的胡茬儿去蹭她的脖颈。阿梅咯咯大笑，挣脱重甲的搂抱，在他屁股上拍了一巴掌，“你忘了今天是什么日子吗？快起床，懒虫！”

……

阿梅？

不，阿梅已经死了，这是梦。

重甲睁开双眼，呆呆地看着阴暗污浊的天花板。又做这种梦了，最近老做这种梦，似乎是龙心兰让他想起了阿梅。

龙心兰的眼睛，和阿梅真的很像。

“重甲，重甲，我来了，你在吗？”敲门声在公寓外响起，不大不小，不疾不徐，很有韵律。重甲回过神，才想起和龙心兰约好了时间，应该是龙心兰到了。

她怎么知道我住的地方？重甲有点纳闷，从沙发上坐起身，正想过去开门，又折回来穿好外套，才走过去拉开房门。

站在门口的果然是龙心兰，身穿天蓝色职业套装，黑发挽在脑后，手上还拎着一个小巧的坤包，显得整洁干练，俨然就是一位事业有成的白领丽人。

“打个电话就行，你怎么直接跑来了？再说，现在也太早了。”重甲打着哈欠让开身子，“请进吧。”

龙心兰微笑着走进房间，左右打量一下，忽而掩住鼻子，皱起了眉头，“你的房间……真够乱的。”

客厅一片凌乱，到处都是空酒瓶和烟盒，吃完或没吃完的食品包装袋随意乱丢，简直没有下脚的地方，唯一可以坐人的长沙发上还赫然堆着几十只脏兮兮的袜子，酸臭袭人。

“标准单身汉，都是这个样子。”重甲倒是毫不介意，转身跨进洗手间，“我洗漱一下，你随便坐，不用客气。”

洗过脸，走出洗手间，重甲才发现龙心兰还站在刚进门时的位置，似乎一动未动。重甲嘿嘿一笑，略带揶揄道：“怎么了？没进过单身汉的家？”

龙心兰尴尬地摇摇头，“不是……那个……我们还是出去吧，出去吃点东西，然后就出发。”

简单吃过早饭，两人驱车直奔维兰德科技总部。

龙心兰的计划是装作申请基因修补的客户，重甲则充当她的保镖，他们堂而皇之地走进维兰德科技总部。而且，这一次龙心兰不打算使用任何伪装。

如果幼儿失踪案的主谋就在维兰德，看到龙心兰和重甲堂而皇之地出现，肯定会有所反应，极有可能再度派出杀手。假如事情照着这个方向发展，那么基本就可以断定：维兰德科技与幼儿失踪案脱不了关系。这就是龙心兰所谓“敲山震虎”四个字的含义。

约一个小时后，他们驶出了市区，远处，维兰德总部大厦在阳光下闪耀着金红色的光芒。重甲收回望向窗外的目光，回头打量着龙心兰，问道：“你确定要这么做吗？”

龙心兰镇定地点了点头，“我确定。”

“那好吧。”重甲叹了一口气，从怀里取出一张面罩戴在脸上，又对着后视镜仔细粘好。这玩意只能骗骗监控器，却无法通过生物扫描仪，但重甲的用意也不是隐瞒身份，而是干扰对方的判断，让对方摸不透他们的打算。

不一会儿，电动轿车就到达维兰德的总部大门，保安并未阻拦，甚至也没有上前检查，而是向他们点头致意，然后摆手放行。

白天看来，维兰德大厦更加壮观，宛如传说中的通天巨塔，高耸入云，雄俊伟岸。重甲已查过了相关资料，知道这栋大厦地面部分共计二百八十八层，高度一千二百八十八米，目前来说，是全世界排名第三的人造建筑。

车子穿过林荫道，在大厦前方的停车场内稳稳停下，两人下了车，互相看看，径直向大厦正门走去。

走近大门，附带自动感应的玻璃滑动门徐徐滑开，前方耸立着一面高达数米的OLED电子屏幕，几名气度高雅的绝色女郎在画面中向他们微微躬身，同时，悦耳的电子女声在门框上方响起，“欢迎，欢迎光临维兰德生物科技，我们将为您提供最好的端粒修补服务，让您永葆青春。”

端粒修补，永葆青春。也许所有人都想活得更长久，可惜，对于绝大多数人类来说，那只是一个遥不可及的梦。

底层大厅明亮整洁，纤尘不染，四根圆形立柱分居左右，直达穹顶。地板仿佛是镜面玻璃，将两人的倒影映得清清楚楚，一座颇具未来感的双螺旋雕塑耸立在大厅中央，在某种动力驱动下缓缓旋转。

重甲微微挑起眉毛，用略带欣赏的眼光打量着那座雕塑。龙心兰却视若无睹，绕过电子屏，腰肢轻扭，款款向电梯间走去。重甲驻足片刻，左右看看，也迈步跟了上去。

“两位暂请留步。”一位身穿黑色西服的年轻人迎上前来，毕恭毕敬地向他们鞠了一躬，微笑道，“请走这边。所有来访贵宾都要经过安检门，这是公司规定，还请两位谅解。”

重甲顺着年轻人的目光看去，果然在大厅左侧看到了一扇安检门，几名荷枪实弹的保安叉着手站在门边。

龙心兰停下脚步，稍稍皱起双眉，重甲会意，上前两步，提高嗓门嚷道：“什么狗屁规定！每个人都要搜身，你们就是这么对待客户的？这种行为是对公民隐私权的严重侵犯，你们懂不懂？”

重甲竖起双眉，做出了一副凶相。其实这种表情根本不用假装，大多数人看到他阴狠凌厉的双眼都会心生畏惧。

大厅内几名正在等待的客户转过头，饶有兴趣地看着这个小插曲。年轻人似乎见惯了这种场面，再次躬身，不紧不慢地道：“不是搜身，只是从安检门内走过去就行了，我们并没有对来宾们不敬的意思。此外，为了表示对每位贵宾个人隐私权的尊重，我们并未启用生物扫描。”

重甲对年轻人的解释嗤之以鼻，粗声粗气地道：“不启用生物扫描？那设立安检门又是干什么？”

年轻人耐心地解释道：“这位先生，我们的安检门只具备电磁感应和金属探测功能，并不违反个人隐私保护法案。”

电磁感应，外加金属探测仪。很明显，来宾携带的电子设备都会被标注或屏蔽，维兰德科技对基因修补技术防范极严。还好他有先见之明，没有把装着侦察蝇的金属匣带进来。

重甲还要争辩，龙心兰摆了摆手，“算了，就这样吧。”说罢当先向安检门走去。重甲又狠狠地瞪了那年轻人一眼，迈步跟在龙心兰身后。

龙心兰安然通过安检，并无异常，但轮到重甲时，安检门上方突然亮起了两盏红灯，刺耳的警报声同时响起。一名保安看看门边的显示器，急忙上前拦住重甲，道：“先生，您的配枪不能带进去。”

重甲撩开衣襟，露出腰间那把硕大的灰熊手枪。几名保安都有些紧张起来，各自上前半步，呈半环形围在重甲周围，还各自按住了腰间的电警棍。重甲满脸怒气，开口骂道：“他妈的！你们什么意思？老子要负责龙小姐的人身安全，不让带枪我怎么保护她？”

那位年轻人走过来，依然保持着恭敬和殷勤，“先生，每位来宾都不得携带枪支，这是公司规定，同时请您放心，我们会保护每一位来宾的人身安全，包括您本人在内。”

“真他妈见鬼！”重甲悻悻地抽出手枪，抛进保安面前的置物箱里，厉声道，“那好，如果龙小姐少了一根头发，我就要唯你们是问！”

在两名司仪小姐的引导下，重甲和龙心兰来到了五楼的贵宾室。一位西装笔挺的中年人迎上前来，彬彬有礼地道："两位早上好，我是客户经理虞炜，让你们久等了！对于刚刚的小误会，我万分抱歉！可你们也知道，不少生物公司都十分关注端粒修补技术，为此，我们不得不在安保方面加大了力度，还请两位多加体谅。"

龙心兰漫不经意地点着头，淡淡地道："这个我能够理解，永葆青春是每一个人的梦想，别的公司关注这项技术也在情理之中。"

"您说得太对了！长生不老，自古以来就是人类的梦想。可惜，直至如今，这一梦想还没能成为现实。"虞炜殷勤地请两人在沙发上就座，并亲手奉上了两杯热气腾腾的咖啡。

龙心兰优雅地坐下来，接过咖啡杯，随手放在旁边的茶几上。重甲并不落座，谢绝了中年人递过来的咖啡，叉着手站在龙心兰身边。

"长生不老尚未变成现实，不过，凭借细胞端粒修补，人类能大大延长生命的长度，从而让自己的人生更加丰富多彩。"虞炜在办公桌后坐下，打开面前的电子资料夹，微笑道："龙小姐，我已经看过了您的申请单，不过，您的个人资料还不太完善，希望您能够补充……"

重甲打断了虞炜的话，开口道："请问，洗手间在哪儿？"

虞炜愣了一下，随口道："出门转左，墙上有标识，跟着标识走就好。"

重甲向龙心兰略一示意，转身走出了贵宾室。

洗手间很好找，顺着走廊一直走就是，但重甲并不急着去洗手间，而是迈着不紧不慢的步子四处闲逛，同时暗中打量隐藏的监控器。他们此行的主要目的是侦察，不能一直待在贵宾室里。

每隔不远就能看到一两个监控器，似乎布满了整座大厦。在电梯间附近，重甲还意外地看到了两个隐秘的隔间，里面应该暗藏着警戒无人机或自动机枪。电梯共有八部，最里侧那两部电梯外装着刷卡器和掌纹认证仪，似乎是仅供公司高层乘坐。

这两部电梯应该能通往底层实验室。重甲随手按下旁边一部电梯的按键，正想跨进去，一个身影忽然闪来，拦在了他面前。

这人的脚步很轻，重甲几乎没有觉察。重甲微感吃惊，抬起头看了对方一眼。那是一名身材高大的中年人，剃着光头，右颊上挂着一道长长的伤疤，犹如一条暗红色的蜈蚣卧在他脸上，看上去平添了几分凶狠。

光头中年人冷冷地看着重甲，两秒后，才开口道："先生，请问你迷路了吗？"

重甲毫不紧张，盯着对方的双眼，淡淡地答道："没有，我只是要去洗手间。"

中年人抬起一根手指，指指重甲身后，"向后转，沿着走廊走，你就能找到。"

"哦，我想用一下楼上的洗手间，不可以吗？"

"当然可以。"光头中年捏了个响指，招来两名配着电警棍的保安，吩咐道，"这位先生不太熟悉环境，你们跟着他。"

"算了算了，我不去楼上了，这样行了吧？"重甲悻悻地转过身，离开了电梯间。

走出几步，重甲又回头看了一眼，那位光头刀疤脸仍站在电梯前，阴森森地看着他。这人应该不是普通保安，要么是保安队长，要么就是安全主管。

戒备森严，大厦内部的安防比外围犹有过之。最终，重甲得出了这样一个结论。

走进五楼洗手间，重甲四下看看，返身把房门牢牢关紧。还好，洗手间里暂时没人，也没有安装监控。重甲抬起左手，点亮终端机屏幕，张开了嘴巴。片刻后，一只侦察蝇从他嘴巴里爬出来，舒展双翅，落在面前的梳洗台上。喉咙里痒痒的，重甲咽了一口唾沫，才勉强压下呕吐欲。侦察蝇体积虽然很小。可一直黏在食道里还是让人很不舒服。

这主意是龙心兰想出来的，她的目的并不是让侦察蝇窃取机密资料，而是利用它在通风管道里四处转悠，并绘出整栋大厦的立体结构图。

希望这个办法有用。重甲操控侦察蝇爬进天花板的通风口，默默地站了一会儿，然后转身离开。

第十五章

般若面具

离开维兰德科技总部，两人直接驱车返回市区，仅靠一只侦察蝇绘制整栋大厦的立体结构图需要很长时间，在此期间，他们只能耐心等待。

因为担心对方再次派出杀手，重甲没有回自己的公寓，而是跟着龙心兰来到她所住的环岛酒店，并在龙心兰房间对面开了一间房。

两人来到房间外，龙心兰打开自己的房门，回过头，语带揶揄问："你是不是打算全天候保护我？"

"那当然，我可是收了钱的，调查没有结束之前，我要保证你的安全。"重甲回过身看着巧笑嫣然的黑发女子，略带戏稽地补充道，"对于你这种出手阔绰的大客户，就要提供最优质的服务。"

龙心兰似乎还想说些什么，却没有说出口，脸蛋微微一红，走进房间，关上了房门。

第一天，没什么动静；第二天清早，重甲起床洗漱一番，泡上一杯咖啡，正打算核对侦察蝇的进度，门铃忽然响起。

"谁？"

"我。"门外响起了龙心兰略带沙哑的嗓音。

重甲走过去拉开房门，正想开口询问，却又呆住了。黑发女子穿着一身粉色吊带睡裙，头发蓬乱，睡眼惺忪。睡裙的用料过于俭省了些，短短的下摆几乎遮不住那丰盈光洁的大腿，龙心兰胸前亦春光弥漫，傲人的双峰呼之欲出。

龙心兰忽略了重甲的目光，径直走进房间，合上房门，把一张纸条递到他面前，“看看这个，对方终于沉不住气了。”

重甲勉强移开目光，盯着那张纸条，沉思不语。纸条上只有一句话：我清楚你们在调查什么，今晚九点，中城区雅香阁二楼，留意紫罗兰。

纸条大约二十厘米见方，似乎是从一张A4纸上截下来的，上面的字迹也不是手写，而是老式打印机打出来的黑体字。可以看得出，留下纸条的人是个相当谨慎的家伙。

“你是什么时候，在哪儿发现的这张纸条？”

“起床不久就发现了，就在大门边的地板上。”龙心兰端起重甲刚泡好的咖啡呷了一口，补充道，“我已经打电话问过酒店保安，他们说没有看到什么行踪可疑的人，监控也没有看到，到底是什么人留下的这张纸条？真是奇怪。”

重甲接过纸条，又认真审视一遍，摇头道：“也许不是‘人’留下的。”

“不是人？什么意思？”龙心兰好奇地睁圆了双眼。

重甲把纸条递给龙心兰，指着上面一处明显的压痕，道：“看这里，纸张都被压实了，边缘清晰，棱角分明。按我的推测，对方是利用小无人机夹住纸条，才留下了这种压痕。”

“原来是用无人机送来的。”龙心兰恍然大悟，连连点头，“我就说呢，如果有人混进来，不可能连监控也看不到。”

“那也未必，酒店的保安系统和维兰德科技没法相提并论，对方如果够高明，甚至可以直接屏蔽掉监控画面。”

“有道理。会不会就是那位神神秘秘的般若面送来了这张纸条？”

“应该就是他。”重甲从腰间摸出灰熊手枪，“我先赶去雅香阁，你按时到就行，记得带好武器，咱们要争取把他就地拿下。”

龙心兰默然片刻，若有所思地摇了摇头，“未必那么顺利，他既然敢邀我们去见面，肯定会做好准备。”

重甲戴着智能眼镜，舒舒服服地靠在座椅里，不紧不慢地品着一杯碧螺春。茶是好茶，银绿隐翠，蒸汽氤氲，玻璃茶杯中如绿云翻滚，清香四溢。当然，正宗的喝法不是这样，仅基本程序就包括了点香、涤器、凉水、赏茶、注水、投茶、观色，等等。但重甲嫌那些太麻烦，再说他的目的也不是来品茶。

现在的重甲化身为一位精神矍铄的老者，脖子里还挂着一串檀木佛珠，与先前那阴沉沉的颓废中年形象判若两人。不过，如果有人靠近仔细观察的话，就会发现这位老者与其他老年人不同，眼神凌厉，带着几分猎手般的警觉。

重甲来到雅香阁已经将近两个小时，他认真查看过周边环境，并一直在暗中观察着每一位客人，但并未发现纸条中提示的“紫罗兰”。时间还早，再说龙心兰也没到，或许对方并不急于现身。

时间一分一秒地流过，夜幕降临时，同样面戴智能眼镜的龙心兰终于出现在楼梯口。她并不急于落座，而是用探寻的目光扫视着四周，或许是在找重甲，又或许是在找邀她前来的那位神秘人。

一位长相甜美的女服务员迎上前去，微笑着问道："请问，您就是龙心兰小姐吧？"

龙心兰微微一怔，点头道："我就是，有什么事吗？"

"是这样的，有位先生让我见到您后立即把这个交给您。"服务员从口袋里摸出一个老式信封，双手捧给龙心兰。

这一幕大出预料，重甲和龙心兰都愣住了。

龙心兰犹豫着接过信封，抬手按住智能眼镜，片刻后，重甲的眼镜片上出现了一行字：现在怎么办？

对方早就布下了这一着，茶楼里会不会坐着对方派来的人？重甲再次游目四顾，但周围的客人大都在喝茶聊天，看不出什么异常。重甲思索片刻，先举起茶杯挡在面前，装出喝茶的模样，然后才用目光在眼镜片上唤出虚拟键盘，回复道：不要急，先找个地方坐下来，看看信封里装着什么。

龙心兰就近选了个临窗的位置，拆开信封看了看，随后又发来一条简讯：又是一个纸条。

"写了什么？"重甲直接走了过来，轻声问道。

龙兰心把纸条拿给他看：中央公园，我在中村自杀的地方恭候大驾，带上你的同伴。

他妈的！重甲紧张地思索着对策，一时无语。被对方牵着鼻子走，让他极为不快。原本是他们暗中调查维兰德科技，现在的情况似乎反过来了，对方躲在暗处，他们反而成了被调查对象。

"怎么办？去？还是不去？"龙心兰似乎有点沉不住气，语气里带着几分急切。

“去。”左思右想，重甲终于拿定了主意。他倒要看看，这位神神秘秘的家伙究竟能玩出什么花样。

半个小时后，龙心兰和重甲出现在中央公园大门外，重甲换上了前天那身风衣，但没有戴面具。对方特意要求他们两个一起去，用不着再做伪装。

公园里挺热闹，民众似乎已经忘记了几天前那桩爆炸案，不少游客聚在广场里闲聊，此外还有一些情侣在草坪上或树荫下卿卿我我。两人左右张望片刻，就直奔那位日裔杀手自爆的湖边。

转过几面绿萝交缠的围墙，暗香阵阵，随着夜风飘来。周围是一朵朵怒放的郁金香，争妍斗艳。这儿已经重新修葺过，看不到爆炸留下的弹坑，喷水池和红砖地面也焕然一新，倒是那块被中村一刀斩断的假山石还没有更换。

不远处就是著名的长湖，曲曲折折，把整个公园一分为二。夜空中有一轮圆月，湖面上也有。夜风清凉，吹皱了湖水，月光就在水面上起伏跳荡。重甲左右张望，又下意识地瞥了一眼龙心兰。如果有人从附近经过，肯定会把他们两个当作来这里幽会的情侣。

假山下没有人，四周也看不到人影，那位神秘人在哪儿？重甲和龙心兰先后停下了脚步。

“两位晚上好。”一个高大魁梧的身影从假山石后面转出，向龙心兰和重甲缓步走来。他的声音有点模糊，还带着几丝金属颤音，应该是佩戴了某种电子变声器。重甲留意到，对方上衣口袋里插着一朵小小的紫罗兰，他正是邀请龙心兰来会面的神秘人。

重甲没有急于开口，而是冷静地打量着对方。神秘人脸上戴着面具，只不过和重甲之前的面具不同，他戴的确确实实是一张面具，头顶双角，脸如白垩，嘴巴则咧开了一个奇异的宽度，仿佛在笑，只是笑里透着几分恐怖和阴森。

般若面具，果然是他。指使林曼娜杀死马洛克，又杀死林曼娜，这小子一直隐身幕后，今天终于现身了。

只有一个人？重甲心生警惕，从怀里摸出智能眼镜戴在脸上。方圆五十米内都看不到热源信号，或许对方并没有帮手，不过，智能眼镜未能分辨出对方的真面目，那副面具并非普通的塑胶面具，能够隔绝电磁扫描。

神秘人停在五六米开外，摊开双手，“请放心，我没有歹意，只是想给两位一个忠告而已。”

重甲冷笑道：“别再装神弄鬼了，有什么话就直说吧。”

“装神弄鬼？”般若面也笑了，“不不，我只是不想以真面目示人罢了。至于我想说的话，刚刚已经说过了，只是想给两位一个忠告。”

龙心兰忍不住插口问道：“什么忠告？”

“两位在调查什么我很清楚，记住：不要再继续了，现在收手还来得及！”般若面故意停顿一会儿，又慢吞吞地补充道，“如果你们肯收手，每人将得到两百万信用币的补偿。”

竟然先兵后礼，而且一开口就是两百万，真他妈大方！

“这就是你们的条件？”龙心兰冷笑道，“每人两百万信用币，还真是慷慨！如果中村成功杀掉我们，你们就能省下这四百万了，对不对？”

般若面倒是一点也不尴尬，点头道："正是如此。"

龙心兰倔强地扬起下巴，傲然道："如果我们不收手呢？"

"那就后果自负！"神秘人的声音陡然变得阴森冷酷，说完一转身，消失在假山石后面。

这就是赤裸裸的威胁了。重甲箭步追到假山石后面，却见神秘人正飞快地向着湖边的一条摩托艇奔去。重甲犹豫片刻，拔出灰熊手枪，瞄准了对方的背影。

没等重甲扣动扳机，空中骤然响起一串枪声，两道流光划破夜幕，直奔重甲而来。重甲来不及开枪，急忙着地滚向一旁，避开了弹道。

弹丸落在假山和地面上，石屑四处横飞，爆出一连串闷响。尖叫声远远传来，游客们听到了枪声，开始四散奔跑。

重甲抬起头，发现夜空中有两台无人旋翼机，机身下方各自悬挂着一柄轻机枪。机体像是采用了某种吸音材料，还特意漆成黑色，听不到声音，又有夜幕作为掩护，几乎难以发现。

无人旋翼机俯冲而下，再度喷出两串火舌。重甲举枪瞄准，扣动扳机，在智能眼镜的协助下，他锁定了小无人机的核心芯片。两枚7.62mm弹丸穿出枪膛，分别命中两架无人机的机腹。空中的枪声戛然而止，无人机拖着两股黑烟，打着旋儿坠向地面。

危机解除，重甲再转头寻找那位神秘人时，对方已经登上了那艘摩托艇。快艇启动，冲开两道白浪，向着长湖对岸驶去。

般若面早已安排好了接应，就算绕湖追过去也是徒劳无功。重甲收起手枪，怏怏不乐地回到了龙心兰身边。龙心兰双颊泛红，两只拳头紧紧地攥着，不知道是生气还是激动。

重甲摸出香烟，点上火抽了两口，叹道："还要继续查吗？"

"当然要继续！"龙心兰大声回答，目光坚毅，不带一丝犹豫，"不查个水落石出，我绝不放弃！"

第十六章

追踪失败

两人闷闷不乐地往回走。出了公园，登上电动轿车，龙心兰将车窗调为单向透视模式，才转向重甲，低声问道：“怎么样怎么样？成功了吗？”

重甲抬起食指向上一指，“那架无人机还在监视咱们。”

“不要紧，车身隔音效果极好，它听不到我们的对话。”

“那就好。”重甲抬起左腕，点亮终端机。电子屏上显示出了市区地图，有一个绿色的光点正在地图上飞快移动，并不断闪烁。

“成功了，侦察蝇应该是钻进了般若面的衣领里，他没有发觉。”

“你真棒！”龙心兰一改前颜，脸上浮出了欢快的笑，并向重甲高高竖起大拇指。重甲若无其事地摇摇头，道：“这不算什么，要不是你认为咱们没法抓住他，我也不会想到这个主意。”

出发赴约之前，龙心兰认为对方早有准备，不可能活捉，所以重甲才想出了这个办法。龙心兰和对方交谈，重甲躲在旁边，乘机偷偷放出一只侦察蝇，让侦察蝇钻进对方的衣服皱褶里隐藏起来。侦察蝇可以当作追踪器，又可以待机侦察，他们只需顺藤摸瓜，就能查出这位般若面的真实身份。

在公园内，般若面现身之后，重甲就发现有三架无人机在空中游曳，他担心动作过大会被无人机拍到，只能单手操作，让侦察蝇悄悄地贴着地面爬行。好在夜里够黑，侦察蝇体积又够小，最终还是顺利爬到般若面身上，钻进了他的衣领。

之后般若面逃遁，两架无人机来袭，第三架却一直悬在空中监视着他们，所以两人又故意装出一副闷闷不乐的模样，直到登上电动轿车，才敢打开终端机确认对方的位置。

终端机屏幕上，绿色光点已经远在三个街区之外，正循着大路向北方移动。

北方，就是维兰德生物科技总部。般若面要去维兰德总部？重甲抬起头和龙心兰对视一眼，他在黑发女子眼眸中捕捉到了一丝隐隐约约的惊喜。

距离愈来愈远，光点渐渐变暗，最终消失。侦察蝇超出了链接范围，龙心兰急忙启动电动轿车，向市区北方驶去。

十余分钟后，光点再次亮起，看位置已经接近市郊。龙心兰侧过脸看了一眼重甲的终端机，愕然道：“他的速度太快了，不像是电动轿车，难道乘坐了直升机？”

“很有可能。”重甲点点头，紧紧地盯着个人终端。

龙心兰将电动车目的地设置为维兰德生物科技总部，然后把车速调到最高，可是电动车出厂前就已经预先设置了安全限速，高速路上最高不得超过每小时一百二十公里，市区内则是每小时六十公里。

黑发女子像是有点着急，再次按动中控面板，想把车子切换为手动驾驶。重甲伸手攥住龙心兰的手腕，安慰道："先不要急着赶上去，只要我的个人终端能接收到信号，就能锁定他的位置，那架无人机还在咱们头顶上，如果急着追上去，对方肯定会发觉咱们在跟踪他。"

"能不能把它打下来？"

"我可以试试，不过这儿车辆和行人太多，无人机坠落的话或许会伤到其他人。"

"那我找个停车场。"龙心兰在中控面板上搜索附近的停车场，电子屏上迅速出现了七八个光点，龙心兰放大画面，指着其中一个光点道："这个停车场在楼顶天台，视野良好，正合适。"

重甲点点头，摸出灰熊手枪，道："好，就去那里，先把对方的眼睛打下来。"

电动车驶进一栋大楼，沿着旋转通道急速前进，不一会儿就抵达了楼顶天台。龙心兰的判断没错，这儿视野良好，周围又没有建筑物遮挡，无人机无论从哪个方向飞过来，都会被很快发现。

龙心兰停下车子，重甲则举起手枪，严阵以待。灯火辉煌，霓虹灯和各种全息广告把夜空映照的亮同白昼，但未能发现那架无人机的踪影。

奇怪！重甲暗暗纳闷，转头四下打量一番，仍未发现无人机的踪影。正感不解，龙心兰忽然指着附近一栋大楼，道："那里，三点钟方向，上35度。"

重甲顺着龙心兰的手势看去，果然在那栋大楼的拐角处发现了那架无人机，紧贴楼面悬在空中。或许操控无人机的人觉察了他们的意图，不愿将机身暴露在射程内。

见鬼！重甲举起手枪，但楼角挡在无人机前方，灰熊手枪威力虽大，但也不可能射穿复合混凝土墙体。

等了两分钟，无人机始终没有移动。重甲低头看看终端机，代表侦察蝇的绿色光点已经到达屏幕边缘，很快就会再次中断连接。

“我来干掉它。”龙心兰按动中控面板，后座翻开，露出了那个装满枪支弹药的武器柜。龙心兰对别的武器看也不看，径自拎起那柄附带火控系统的折叠反曲弓，又抽出一根四棱长箭，瞄准了躲在楼角后的无人机。

反曲弓伸展开长度超过一米，在狭小的车厢里怎么能用这玩意？重甲正想开口提醒，龙心兰已经打开车门，挺身跃出。不等身体站稳，龙心兰抖开反曲弓，搭箭上弦，拉弓如满月，一箭射出。整套动作有如行云流水，一气呵成，令人眼花缭乱。

弓弦震动，四棱箭离弦飞出，在夜空中划过一条弧线，斜斜射向那架无人机。似乎意识到了危险，小无人机陡然向上升起，似乎要加速逃离。一点光焰从四棱箭的箭头后方亮起，四棱箭改变方向，速度骤然提升了数倍，直奔加速爬升的无人机而去。

几秒后，一团火光在夜空中爆开。箭头内应该装着高能炸药，小无人机被射中，凌空解体，爆成了无数碎片。

等到重甲回过神来，龙心兰已经收好反曲弓，安安稳稳地坐在了驾驶座上，表情淡定如常，似乎刚刚那一幕与她全无关系。

这女子，绝对不只是一个私家侦探！重甲愣愣地打量着龙心兰，满心疑惑。

发觉被重甲注视，龙心兰侧过脸嫣然一笑，“怎么了？”

“没……没怎么。”重甲收起心思，“咱们继续追。”

两人驱车驶出市区，直到距离维兰德科技总部两公里外才停下。但是，电子屏上的绿色光点始终没有再次亮起，重甲数次尝试链接侦察蝇，却毫无效果，终端机彻底和侦察蝇失去了联系。

也许般若面发现并摧毁了侦察蝇，再者，或许对方进入电磁屏障区域，侦察蝇失效了。

又他妈白跑一趟！重甲望着夜幕中的维兰德大厦，愤愤地道：“那位般若面肯定进了维兰德总部，可惜没能查出他的真实身份，真他妈见鬼！”

“不要紧，至少我们清楚这件案子和维兰德科技有联系。”龙心兰也抬起头望着维兰德大厦，平静地道，“继续调查，我们肯定会找到证据。”

第十七章

出乎预料

两人再度驱车返回，尚未抵达市区，重甲的终端机忽然微微震动起来。重甲抬起手腕，却发现电子屏上的绿色光点已经再次出现，但出乎意料的是，光点并不在维兰德科技总部，而是位于中州市上城区。

“这是怎么回事？”龙心兰看着电子屏，疑惑地挑起了双眉。

或者般若面离开了电磁屏蔽范围，再不然就是般若面知道他们两个正在后面追踪，故意在兜圈子。重甲思索片刻，道：“不管怎样，先跟过去看看。”

龙心兰犹豫一下，点点头，加快了车速。

半个多小时后，电动车停在上城区一家商务酒店前，终端机显示，侦察蝇就在酒店第68层。

龙心兰将电动车开进停车场，停好车子，提议道：“能不能让侦察蝇传送图像回来？”

重甲点头同意，打开了视频传输，但是电子屏上一团漆黑，似乎侦察蝇仍然待在般若面的衣领里。重甲操纵侦察蝇向前爬行了一段，黑暗渐渐褪去，一个方方正正的玻璃酒杯出现在画面中。

奇怪！重甲又让侦察蝇原地转了半圈，才发现侦察蝇正在一张木桌上，那张咧嘴狞笑的般若面具就放在侦察蝇身后，似乎侦察蝇一直待在面具里。

重甲明明记得自己让侦察蝇钻进了般若面的衣领，怎么会出现在面具里？他觉得不太对，只好操纵侦察蝇飞向天花板，躲在吊灯后仔细观察。屏幕里先后出现了真皮沙发和羊毛地毯，房间装饰是西欧风格，雍容华美，似乎是酒店的高级套房，但是周围静悄悄的，看不到人影。

这他妈什么状况？重甲有点摸不着头脑，正想操纵侦察蝇在房间内四处看看，卧室门忽然打开，一位西装革履的中年人走了出来。那人身材高大健硕，满头金色短发，但是面目陌生，看上去似乎是北欧人。

重甲急忙将侦察蝇的眼睛对准中年人，拍下一张面部特写，把图像传给龙心兰，道："查一下这人的身份。"

龙心兰似乎也有些搞不清状况，按着重甲的吩咐打开自己的终端机，开始搜索这位金发中年的身份资料。

中年人没有发觉侦察蝇，嘴里吹着口哨，步履轻松地走到桌边，拎起一瓶威士忌倒了半杯酒，然后又抓起桌子上的般若面具，端详一会儿，扣在了自己脸上。

这位中年人的身高和体型都和公园里那位神出鬼没的般若面相差无几，指使马洛克绑架幼儿的难道就是他？重甲盯着屏幕上的金发中年，心中正感疑惑，一旁龙心兰抬起手腕，把一张全息图投射到重甲面前，"查到了，他叫洛根，圣西蒙基因科技公司高级雇员，具体职务不详。"

圣西蒙？重甲有些惊讶，迅速浏览了一遍金发中年的资料。

圣西蒙基因科技的名头太响亮了，早在数十年前，圣西蒙就是基因领域的一大巨头，垄断了很多基因科技的专利，其产品覆盖了医药和农牧业等各个领域。与实力雄厚的圣西蒙相比，维兰德生物科技也只能位居其后。

资料图里的洛根表情冷漠，眼神平静，但仔细观察，却又能在那眼神深处找到一丝若有若无的凶狠之色。资料中看不到洛根的具体职务，也没有他入职圣西蒙之前的信息，仿佛是被人故意屏蔽了。重甲有种感觉，这位洛根是个心狠手辣的家伙。

难道之前的推论完全错了？维兰德生物科技是无辜的？圣西蒙才是真正的幕后黑手？重甲收回视线，不解地看着龙心兰。

黑发女子双眉紧紧地皱成一团，目光中带着浓浓的困惑，显然，这个结果完全出乎她的预料。

沉默许久，重甲才试探着问道："现在怎么办？拿下洛根？还是跟踪他？"

龙心兰缓缓摇头，犹豫着道："先等一等，我要想想。"

黑发女子似乎有些拿不定主意。般若面居然是圣西蒙基因科技的雇员，这个结果完全颠覆了她之前的推论。

重甲耸耸肩，"那好，你仔细想想，我先盯着他。"

屏幕中，洛根随手把般若面具丢在沙发上，端着酒杯在房间里踱来踱去，还时不时地瞟一眼手腕上的个人终端。

现在已经是深夜，这小子还穿这么整齐，难道是在等人？重甲正在沉思，房门再次打开，又有一名中年人走进了房间。重甲精神一振，急忙把侦察蝇的眼睛对准了来者。

来者身穿黑色西服套装，脑袋光溜溜的，一道长长的伤疤挂在他的右脸颊，犹如脸上卧着一条暗红色的蜈蚣。

光头，刀疤脸，重甲心中一凛，忙推了推仍在皱眉沉思的龙心兰，指着屏幕中的光头中年道：“我见过这个人，就在维兰德科技总部。”

龙心兰侧头看着电子屏，道：“这人应该是维兰德总部的保安队长，但我没查过他的资料。”

屏幕中，光头刀疤脸从口袋里取出一样东西递给洛根。洛根面带笑容，迅速把对方递来的东西收进了怀里。

现在还不能断定圣西蒙就是绑架幼儿的幕后黑手，但显然，屏幕中这两人正在进行某种交易。重甲转头看着龙心兰，催促道：“还要等吗？”

龙心兰长长地吐了一口气，叹道：“不等了，咱们上去。”

“情况不明，还是不要暴露身份为好。”重甲又取出两张高分子面罩，将其中一张递给龙心兰。龙心兰点点头，接过面罩覆在了脸上。

两人下了车，避开酒店保安，乘坐电梯直接到六十八层。来到侦察蝇所在的套房门外，重甲摸出手枪，正要拍门，龙心兰上前拦住，从怀里取出两枚徽章，把其中一枚递给重甲，低声道：“先把枪收起来。”

徽章呈八角形，上面印着“商业罪案调查属”一行金字。重甲转头看看，龙心兰已经把徽章佩在了右胸。花样倒不少。重甲心中暗自嘀咕，收起灰熊手枪，也学着龙心兰的样子，把徽章佩在胸前。

龙心兰示意重甲盯着终端机，自己则戴上智能眼镜，上前按响了门铃。

终端机屏幕上，洛根和光头刀疤脸一起转过头盯着房门，目光中满是狐疑。半晌，洛根才用懒洋洋的腔调应道：“谁？”

龙心兰稍稍提高嗓门，“商业罪案调查属，请您开门。”

屏幕上的洛根变了脸色，伸手指指里间，光头刀疤脸立即闪身蹿进卧室套间，并轻轻合上房门。洛根快步走进洗手间，出来时已经在身上围了一条大浴巾，脸上则做出一副睡眼蒙眬的模样。看到洛根向房门走来，重甲才关掉了显示屏。

房门打开了一条缝，洛根露出半张脸孔，看看门外的龙心兰和重甲，张开嘴打了个哈欠，问道：“什么事？”

龙心兰指指胸前的徽章，庄重地道：“洛根先生，我们是中州市商业罪案调查属高级调查员，现在怀疑你与一起商业罪案活动有关，请你配合调查。”

“商业罪案活动？”洛根脸上的睡意渐渐褪去，转变成了一脸错愕，“你们是不是搞错了？”

这小子演技倒是不错，半是困惑半是惊愕的表情拿捏的恰到好处，可惜他不是演员，重甲也没心情听他胡扯。

重甲上前半步，冷冷地道：“把卧室里那位先生叫出来吧，我们有几个问题需要请教两位。”

洛根面色大变，目光迅速在两人胸前的徽章上扫过，然后盯住了龙心兰脸上那副智能眼镜。片刻后，洛根的脸色又渐渐放松，高声笑道：“房间里只有我自已，哪里还有别人？不相信的话，你们可以进来看看。”说着打开房门，让开了身子。

对方似乎发觉了龙心兰那副眼镜有问题，故意提高声音，就是在向那位光头刀疤脸示警。重甲迅速向龙心兰使了个眼色，龙心兰不动声色，极其轻微地点点头，迈步跨进房间。

等到重甲也走进房间，洛根才合上房门，慢悠悠地向卧室走去。房门上装着电子锁，重甲留意到，电子锁已经处于锁定状态，洛根故意锁上了房门。这种高档酒店隔音效果极好，一旦锁定，开启免打扰模式，房间里即使打到天翻地覆，外面也不会有人听到。

重甲心生警觉，想戴上智能眼镜提醒龙心兰，但又怕洛根觉察，只得轻轻咳嗽一声，示意龙心兰提高戒备。

洛根走到卧室门外，轻轻把门推开，回身看着龙心兰和重甲，微笑道："两位说的没错，房间里不止我一个人，不过，在回答两位的问题之前，我能不能问个问题？"

重甲紧盯着洛根，"什么问题？"

"两位的真实身份，对此我非常好奇。"说完这句话，洛根脸上漫不经心的笑骤然消失，变得阴沉冷酷。

他要动手了。重甲正想拔出灰熊手枪，那位光头刀疤脸却猛然从卧室里闪出，手里举着一把手枪，对准龙心兰就要开火。

"砰，"枪声响起，但倒下的并不是龙心兰，而是光头刀疤脸。在对方开枪之前，龙心兰已抢先扣动了扳机。弹丸正中对方前胸，刀疤脸仰天倒地，丢掉了手枪，四肢软软摊开。

黑发女子射出的是一发眩晕弹，能让对方在短时间内失去抵抗能力，她戴着智能眼镜，隔着墙壁也能看到刀疤脸的一举一动，抢先制住对手并不稀奇。

重甲放下心来，拔枪指向洛根，厉声道："把光头佬给你的东西交出来，还有，最好不要轻举妄动。"

洛根再次变了脸色，瞟一眼已经昏迷不醒的刀疤脸，慢吞吞地把手伸向胸前，摸出了一个小小的磁盘。他向前跨了半步，似乎打算把磁盘交给重甲。重甲机警地退开一步，晃晃手枪，冷冷地说："放在地板上。"

洛根慢慢弯下腰，把磁盘轻轻放下。龙心兰似乎看出了什么异常，举枪对准洛根，高声道：“小心！”

话音未落，“嘭”的一声，那枚磁盘已经爆成了一团火光。洛根压根就没想过把磁盘交出来！重甲正想扣动扳机，眼前白影闪动，洛根抖开裹在身上的大浴巾，遮挡了重甲的视线。

“砰，”龙心兰再次开枪。但这次子弹未能击中目标，枪声响起后，墙壁上挂着的一副镜框四分五裂，洛根却已经蹿进了卧室。

这小子躲进卧室里干什么？难道想象马洛克那样跳窗逃跑？重甲向龙心兰打了个手势，刚想跟着追上去，房间里忽然响起了一阵奇怪的吼声。

那声音如同狮吼，又如虎啸，但奇怪的是，吼声刚刚响起，重甲就感觉浑身发软，手脚无力，差点儿一头撞在门框上。重甲后退两步，勉强稳住身体，把灰熊手枪指向卧室门，但是手臂颤抖不已，枪口也跟着左右乱晃。

胸腹间阵阵翻腾，似乎五脏六腑都挤成了一团，马上就要吐出来。重甲回头看看，龙心兰已经倒在地上，身体蜷成了一团。这他妈怎么回事？重甲晃晃脑袋，想搞清楚状况，但那吼声接连不断，不停冲击着他的耳膜，让人头昏目眩，几乎无法集中注意力。

“次声波[①]！”龙心兰不住地大口喘息，断断续续地解释道，“房间里……藏了次声波发声器。”

现在才说，有什么用？脑海里混混沌沌，视野也变得朦胧不清，重甲勉强支撑了几秒钟，终于无力地坐倒在地板上。

---

① 次声波：次声波会干扰人的神经系统正常功能，危害人体健康。一定强度的次声波，能使人头晕、恶心、呕吐、丧失平衡感甚至精神沮丧。更强的次声波还能使人耳聋、昏迷、精神失常甚至死亡。

第十八章

将计就计

一个模模糊糊的身影缓步走出卧室，在重甲面前蹲下，好奇地看着他。重甲勉强聚拢视线，才发现洛根身穿连体防护服，头上还戴着一个头盔，把他的脑袋遮得严严实实。

重甲费力地想了好一会儿，才明白洛根的头盔和防护服能够阻挡次声波，他冲进卧室就是为了拿到这些装备。

洛根慢悠悠地捡起重甲和龙心兰丢在地上的手枪，用枪管敲敲自己的头盔，微笑道："两位真是非同一般，还好我早有准备。"

有什么地方不太对劲儿！重甲盯着洛根似笑非笑的脸孔，努力想搞清楚这种不适感到底来自何处，但次声波一直没有停息，他脑袋里就像灌满了某种黏黏稠稠的流体，根本无法深入思考。

洛根对仍然倒在地上的刀疤脸不予理会，丢下手枪，抓住重甲的手腕，把他拖到龙心兰身边，然后伸手摘下了龙心兰的智能眼镜。

"果然是智能眼镜，普通人根本不可能拥有这种顶级装备。"洛根把眼镜举在面前看了看，轻轻吹了一声口哨，随手放在桌上，低头看着龙心兰和重甲，"现在，告诉我你们的真实身份，还有，为什么要调查我？"

不适感愈加强烈。重甲正在苦苦思索，龙心兰挣扎着说："你……你不是般若面！”

洛根回头看看桌上的般若面具，又转向龙心兰，疑惑地问：“般若面？什么意思？”

“我们要找的是……般若面，不是你。”龙心兰再度蜷起身子，伏在重甲腿上，似乎在尽力抵抗次声波。

重甲心中一动，他右腿靴筒里还藏着一把小手枪，洛根似乎没有发觉。这是个翻盘的机会。重甲也故意蜷起身体，以方便龙心兰拿到手枪。

“亲爱的，这个理由太荒唐，我没法相信。”洛根不住摇头，语气渐渐变得低沉阴冷，“老实说，我对两位的真实身份并不感兴趣，我只关心躲在两位背后的人。你们逼我亲手毁掉了好不容易才搞到手的资料，为此我准备了整整六个月，你们知道吗？”

脚踝处微微一松，龙心兰已经拿到了手枪。不能让洛根发现，要引开他的注意力。重甲挣扎着抬起头，吃力地问：“那个面具……般若面具，哪儿来的？”

“又在提这个面具？”洛根拎起般若面具，皱起了眉头，“不要说你们要调查的就是这玩意。”

重甲努力坐起身子，有意无意地挡在龙心兰面前，点头道：“对，我们……在找戴这个面具的人。”

“好吧，我听够了这些废话。现在，让我加大次声波的功率，我要看看你们到底能挺多久。”洛根放下面具抬起左腕，露出了套在手腕上的个人终端机。

枪声响起，龙心兰终于开枪了。弹丸掠过重甲肩头，正中洛根的个人终端。火花四溅，终端机飘出了一股黑烟，持续不断的吼声戛然而止。

洛根先是一愣，随即一个侧滚翻扑向丢在地上那两把手枪。浑身酸软未消，重甲脑海中兀自阵阵眩晕，只来得及伸腿勾住洛根的脚踝。洛根扑通摔倒在地，仍挣扎着向那两把手枪爬去，重甲扑过去把他压在身下，用手肘牢牢地锁住了对方的咽喉。

洛根奋力挣扎，重甲拼尽全力才能勉强将他按住。龙心兰摇摇晃晃地站起身，一把扯掉洛根的头盔，把手枪顶在他眉心正中。洛根的身体僵硬片刻，然后缓缓放松，最终停止了挣扎。

重甲抽出光头佬的腰带，把洛根的双手牢牢绑在身后。龙心兰抓过那张般若面具，在洛根面前晃了晃，“这个，哪儿来的？”

洛根嘴巴半张，一副难以置信的表情，结结巴巴地道：“你们……你们当真是为了这玩意？”

龙心兰竖起双眉，厉声道：“废话少说！哪儿来的？”

洛根也皱起眉头，脸上满是狐疑之色，“这张面具是一个应召女忘在这里的。今晚叫的应召女进来时就戴着这玩意，我感觉挺有趣，就没让她摘下来，肯定是她走的时候把这张面具丢在了桌子上。我是个精力旺盛的男人，经常需要女性的慰藉，肯定有人注意到这一点，故意设下了这个圈套……”

这个答案大出意料，重甲和龙心兰面面相觑，一时无语。

“嘭！”房门外响起了一声沉重的撞击，整个房间都为之一颤。套房智能安全系统自行启动，一个电子女声悠然响起，“警告，检测到暴力破坏，房门安全度剩余70%。”

外面有人想冲进来。龙心兰戴上智能眼镜，回身向房门外看了看，低声道："有两个人，都执有自动武器。"

真他妈见鬼！洛根居然还带着同伴。房间开启了免打扰模式，外面的人绝对不可能听到打斗声，肯定是龙心兰打坏洛根的个人终端才让他们发觉了异常。

洛根已经完全恢复镇定，斜眼瞥着龙心兰和重甲，慢悠悠地道："看起来，整件事似乎是个误会，你们最好赶快放了我，不然我保证，你们一定会为今天的事感到后悔。"

重甲冷冷一笑，"两个人而已，咱们杀出去就是。"

"不，"龙心兰摇摇头，沉思片刻，抬手指指洛根，"打晕他。"

"正合我意。"重甲竖起手掌，重重地切在洛根的颈后，洛根两眼一翻，软绵绵地趴在了地板上。

"嘭！"又是一声撞击，房间再次微微一晃。"检测到暴力破坏，房门安全度剩余40%，请问需要通知警方吗？洛根先生。"

洛根的推测没错，有人故意设下了这个圈套，企图把龙心兰和重甲的注意力引向圣西蒙基因科技。至于设下圈套的人，不用去想，肯定是那位神神秘秘的般若面。

龙心兰快步走到临街的落地窗前，拉开长窗，探头向外看了看。

黑发女子似乎不愿另生枝节，但出路已经被封，难道她想跳下去？重甲捡起自己和龙心兰的手枪，也跟着走到窗前。

龙心兰从怀里取出一副手套递到重甲面前，"这是电磁手套，产生的吸力足以承受我们两个人的体重，你带上，我们沿着外墙爬下去。"

"不用。"重甲摇摇头，把手枪收进腰间，"爬墙太慢了，而且容易被发现，我有更快的办法。"

龙心兰面带愕然，“什么办法？”

重甲没有回答，抬腿登上窗台，把手伸向龙心兰，“跟我来。”

龙心兰毫不犹豫，收起手套，抓住重甲的手，也站在了窗台上。长风穿窗而过，两人不觉微微一晃。

身后又响起一声撞击，电子女声也跟着再次响起，“检测到暴力破坏，房门安全度剩余10%，请问需要通知警方吗？洛根先生。”

重甲紧紧地搂住龙心兰的纤腰，低头看看，纵身跃向夜空。怀里的龙心兰面色从容，微闭着双眼，紧靠在重甲胸前，从将近二百米的楼层跳落，她似乎一点也不感到害怕。

黑发女子胆量大得出奇，换了普通人恐怕早就叫出声了，毫无疑问，她肯定接受过严格的训练，至少不亚于他端木重甲。

凉凉的夜风扑面而来，川流不息的车辆在视野中迅速扩大，路面上的行人已经清晰可见。重甲在空中转了个身，轻轻在腰间一拍，合金钩爪激射而出，拖曳着长长的缆绳，钉在酒店大楼的外墙上。

下落的速度渐渐变慢，终于，两人毫发无伤地站在了路边。

洛根一旦苏醒，肯定不会善罢甘休。重甲和龙心兰不敢逗留，匆匆走进停车场，驱车扬长而去。

电动车融入车流之中，看不到有人追踪，龙心兰才长舒一口气，取下了高分子面罩，笑着说：“幸好你提前准备了这个，我们没有暴露身份。”

重甲满腹不快，也取下面罩，侧头看着窗外。般若面诡计百出，他肯定发现重甲放了侦察蝇，便将计就计误导二人。在侦察蝇失去联系的那段时间里，先引着重甲和龙心兰兜圈子，然后再指使一名应召女把那张面具放在洛根房间里。如果不是两人决定立即闯进去，恐怕要很久之后才能发觉真相。

龙心兰看看重甲，微笑着安慰道：“圣西蒙基因科技是维兰德最强大的竞争对手，他们的基因编辑技术足以和维兰德的端粒修补相抗衡。这两家公司明争暗斗已有多年，般若面把我们引向洛根，其目的就是想给圣西蒙制造麻烦。”

重甲摸出一根香烟叼在嘴上，默默不语。般若面心思缜密，每一计都在他们之上，这让重甲心烦意乱。

“洛根应该是圣西蒙的高级特工，或许也在暗中调查维兰德科技，刀疤脸应该是他安插在维兰德的内线，他们和幼儿失踪案没有关联。”龙心兰似乎一点也不灰心，微笑着说，“继续调查维兰德，相信我，我们一定会有收获。”

第十九章

网络入侵

次日傍晚，两人驱车赶往大胖家。

按照龙心兰的分析，如果那些幼儿失踪案与维兰德科技有关，那么其总部主机内或许会保留相关信息，也许能找到一些有用的证据。她有位精通计算机的朋友，但不在此地，于是重甲推荐了自己的好朋友大胖。

大胖是国内顶尖的计算机高手，上次能查到独眼杀手就全靠他帮忙，网络入侵维兰德科技的总机，对大胖来说应该算不上什么难事。

电动轿车载着重甲和龙心兰在茫茫车流中穿行，半个小时后，车子停在一个巷口，目的地到了。

巷子阴暗狭窄，两侧的高楼峭拔如同崖壁，还有两个上身赤裸，面相凶狠的光头青年站在巷外。一人肩头文着游龙，另一个胸前绣着猛虎，用不怀好意的眼光打量着这辆电动车。

龙心兰左右看看，扯扯重甲的衣袖，轻声问道："你的朋友，就住在这种地方？"

"对，大胖的家就在这条巷子里。"重甲点点头，放落车窗，冲街头那两个年轻人摆了摆手。看到重甲，那两人的满脸凶相顿时消失无踪，屁颠屁颠地跑过来，点头哈腰地道："重甲大哥，重甲大哥，原来是您，有什么吩咐？"

重甲摸出香烟，给两人一人一根，又将第三根叼在自己嘴上，"我找大胖办点事，你们给我看好这辆车，有一条划痕就找你俩来问。"

"尽管放心，尽管放心，保证半条划痕也不会有。"

两人下了车，向小巷深处走去。龙心兰回头看看那两名年轻人，低声道："他们很听你的，你和这些人的关系倒是挺不一般啊。"

重甲吐出一个烟圈，漫不经心地道："也没什么，我帮过他们一些忙罢了。"

巷子并不深，没多久就到了尽头，重甲轻车熟路，来到一扇铁门前，抬腿在门上猛踹一脚，高声叫道："死胖子，快开门！"

这扇门像是经过改装，两侧都有钢板加固，安装有附带OLED电子屏及扬声器的掌纹锁，门框上方还有一个小小的摄像头。

"谁？"门框边的扬声器里传出了一个满含警惕的声音。

"我，快他妈开门。"重甲毫不客气，又在门上踹了一脚。

"来了来了，小点声，邻居们都被你吵醒了。"片刻后，铁门打开，一位脸色苍白、宽大肥胖的年轻人出现在两人面前。

白胖年轻人睡眼惺忪，用略带诧异的目光看了看龙心兰，随即把视线转向重甲，打着哈欠问："这么早跑来干吗啊？我还没睡够呢。不是让你去跳蚤市场吗？难道没查出来？"

"不是寻踪弹的事。"重甲丢掉烟头，指指龙心兰，"这位是龙心兰，私家侦探。我们有个技术活，需要你帮忙。"

“啧啧，挺漂亮啊！你女朋友？”白胖子把目光转向龙心兰，笑嘻嘻地说，“你好，我叫大胖，是重甲的好朋友。”

龙心兰向白胖子微笑点头，重甲却抬手在大胖肩上捶了一拳，骂道：“少胡说八道，她是我的雇主。”

白胖子似乎还想打趣几句，但看到重甲冷厉的目光后，让开身子，笑眯眯地说：“进来吧。”

龙心兰看看白胖子肥厚的大肚皮，凑到重甲身边，悄声问：“他能帮什么忙？”

重甲淡淡一笑，“你可不要小看他，这家伙是中州市最厉害的计算机黑客，曾成功入侵过美联体安全局的军事卫星。”

龙心兰大感意外，盯着其貌不扬的白胖子，眼中满是惊异。白胖子倒是若无其事，大模大样地摆摆手，笑嘻嘻地道：“很多年前的往事了，小菜一碟而已，根本就不值一提。”

白胖子的家和重甲的公寓差不多，同样脏乱不堪，唯一的不同就是，那张长沙发还算干净。

重甲懒洋洋地躺在长沙发上，手里把玩着那把灰熊手枪，用散漫的眼光看着龙心兰和大胖。

根本没费什么口舌白胖子就答应了他们的要求，按白胖子的话来说，他早就想试着侵入这些顶尖科技公司的主机搞点破坏，龙心兰和重甲来找他帮忙，可谓是正合其意。

入侵维兰德科技总部的电脑主机，这主意是龙心兰想出来的，可惜重甲对计算机黑客技术一窍不通，只能看着黑发女子和白大胖凑在电脑屏幕前忙碌。

罪魁祸首是否就是维兰德科技？如果那些失踪案只是般若面的个人行为，与公司无关，那么主机内还会保留数据吗？重甲对此有些怀疑，但除此之外，暂时又没有别的线索，调查维兰德科技似乎是唯一的可行之路。

重甲收起思绪，抬头看着龙心兰和大胖的背影。两个人已经在电脑前忙活了将近半个小时，但重甲并没有听到击掌声或是兴奋的低呼声，看来还没有什么收获。

“小心，侦测到反向追踪。”龙心兰的声音突然打破了沉寂。

“不要紧。”白胖子若无其事地摇着大脑袋，“我使用了代理服务器，而且经过多次中转，他们至少要用一个星期才能定位到咱们的IP。”

“还需要多久？”OLED电子屏上密密麻麻地排满文件夹，还不停地变幻闪烁，重甲凑过去看了几秒钟，就感觉头昏眼花，只得又坐回原地。

“不要急，不要急，渗透程式已经绕过了防火墙，找到你们要的资料只是时间问题。”白胖子稳坐如山，似乎胸有成竹。

又隔了一会儿，大胖忽然伸出肥肠一样的食指，指着屏幕上某个被放大的红色文件夹，“看，看，是不是这个？”

“基因战士增强计划……这是什么？”龙心兰紧盯着电脑屏，眼眸中带着几分困惑。

基因战士增强计划，什么玩意儿？重甲也凑过去看着那个文件夹，心中暗自嘀咕。

“基因战士增强计划，基因战士增强计划……”龙心兰眉头紧皱，反复念叨着这句话。

“这个可是绝密文件，共有七层加密。”大胖用手指点着文件夹，补充道，“里面的资料一定非常重要。”

重甲思索片刻，点头道：“不管是不是咱们要的，先下载来看看再说。”

“没问题。”大胖伸手点击电子屏，一个淡绿色的进度条立即出现在屏幕上。白胖子摩拳擦掌，显得极为兴奋，“已经开始下载了，文件有些大，咱们还需要将近十分钟。”

龙心兰提醒道：“最好能加快进度，又一个代理服务器被攻破了。”

“没关系，没关系，我再挂几个服务器，还能陪他们玩好久。”白胖子一副自信满满的模样，十指轮用，在电子屏上不停敲击。

时间一分一秒地流过，进度条终于走到了头。大胖子轻轻拍了拍手，语气中带着几分难以压抑的兴奋，“下载完成，嘿嘿嘿，简直是小菜一碟。”

就这么简单？维兰德科技安保极其严密，也一定十分注重网络安全，作为他们的机密资料，这么轻易就会被窃取？重甲愣愣地看着满脸喜悦的大胖子，觉得有点怀疑。

重甲的怀疑很有道理，半分钟后，大胖的兴奋就降回了冰点。没等打开文件夹，下载资料就自动分解成一堆乱码，他们一无所获。

“能还原吗？”龙心兰盯着屏幕上那一行行乱七八糟的字符，双眉微皱，似乎有点烦躁。

“恐怕不行。”大胖咬着自己的手指，神情略显沮丧，“这是最高级别的保密协议，文件一旦离开主机就会被彻底粉碎，无法还原。”

龙心兰无奈地点点头，“看来这个办法行不通，只能再去一次维兰德总部了。”

突然间，电子屏上的乱码统统消失，变成了一盏不住闪烁的红灯。白胖子顿时面色大变，手忙脚乱地在电子屏上胡乱点触。龙心兰皱起眉头，问道：“怎么回事？”

大胖额头上汗珠滚滚而落，显得极为紧张，“真他妈见鬼！下载文件中隐藏着一个追踪程式，我他妈太大意了！”

“咱们暴露了？”重甲也跳起身来，凑到了电脑前。

“目前还没有。”大胖紧盯着电脑屏幕，双手在键盘上拼命敲打，十指起落如飞，几乎让人看不清他的动作。

又过了几分钟，屏幕上的红灯终于消失。大胖放松下来，靠在座椅里，长长地吐了一口气，“搞定了，他妈的，吓死老子了！”

“搞定什么了？”重甲看看电脑，再看看大胖，满头雾水。

“你这个笨蛋。”白胖子满怀不屑地哼了一声，“追踪程式就等于在被偷走的文件里藏了一个追踪器，文件走到哪它就跟到哪，对方只需顺藤摸瓜，就能定位咱们的地址。”

重甲满心的不服气，反口道：“你才笨蛋，不会把电脑关机。”

大胖用看白痴一样的眼神看着重甲，半晌，才摆手道：“算了，懒得跟你解释，总之，他们现在无法定位咱们了，不用担心有人找上门来。”

话音未落，重甲手腕上的个人终端忽然震动起来。重甲抬起左腕，刚刚接通，扬声器里就传出了一个略带急切的声音，“重甲大哥，重甲大哥，有情况。”

“什么情况？”

“来了一辆黑色越野，车里下来了一个黑衣人，一直在盯着你们那辆车。要不我召集兄弟们教训教训他？”

“先不要急，等我过去看看。”

重甲放下电话，转头看着龙心兰，道：“是巷口的阿龙和阿虎，我出去看看，你先待在这里。”

龙心兰站起身来，问道：“是不是维兰德科技的人？”

“不可能，”大胖若无其事地摇着大脑袋，“我已经把IP转移了，他们不可能追到这儿来。”

重甲并不放心，还是出门察看了一下，但等他赶到时，对方已经离开了，只有阿龙和阿虎无所事事地站在巷口。

看到重甲出现，阿龙和阿虎连忙迎上前来，汇报道：“重甲大哥，那孙子已经走啦，我们正想给你打电话。”

重甲左右看看，不动声色地问：“有多少人？能看出什么来头吗？”

“就一个人，但不清楚是干吗的，戴着墨镜，穿着黑色风衣，还系着黑领带，真他妈装逼。”阿虎撇着嘴，满脸不屑。阿龙补充道：“那人围着你的车转了一圈，然后就离开了，或许不是冲着你来的。”

看来大胖说的没错，对方没能成功锁定他们的位置。重甲向阿龙和阿虎点点头，又四周查看一番，才转身进了巷子。

第二十章

变种怪兽

回到大胖家，重甲向大胖道过别，就要动身离开。大胖也不起身送行，只是懒洋洋地向重甲和龙心兰挥了挥手。

两人还没走到房门前，龙心兰忽然停下脚步，紧盯着铁门，双眉挑起了一个略带惊异的弧度，轻声道："有人跟踪你？"

"跟踪我？"重甲大为奇怪，进入小巷前他认真察看过四周，并未发现什么可疑之处，怎么会有人跟踪？

突然，冰线般的寒气从下腹蹿起，沿着尾椎向上飞快蔓延。前所未有的危机感笼罩了重甲，那是身经百战后才能拥有的直觉反应。有什么东西就在房门外，而且极度危险！重甲不及细想，伸臂揽住龙心兰，纵身向后跳了出去。

"轰！"一声巨响，门板脱离门框，以子弹出膛般的速度飞过客厅，平平整整地砸在对面的墙壁上。窗棂碎裂，玻璃碎片四处飞溅，混凝土墙壁和脚下的地板剧烈震动，铁制门板变得奇形怪状，客厅里顿时烟尘弥漫。白胖子吓得目瞪口呆，继而怪叫着钻进了桌子下。

如果被门板正面砸到，就是不死也要筋断骨折。重甲怒骂一声，松开龙心兰，从腰间拔出手枪，纵身扑向房门。

尚未看清面前是什么人，寒风扑面，一道细细的电光斜斜闪来。重甲的反应也非常迅速，及时仰身后翻，以间不容发之势避过了那雷霆一击。锋锐至极的气流贴面而过，重甲的脸颊上不禁爆出了一层寒栗。

一道模模糊糊的黑影跃进客厅中央，黑影中，两点不祥的红光隐隐闪烁。

那是一个身材高大的家伙，整个身体严严实实地裹在颜色难辨的作战服里，只露出赤红如血的双眼。

那双眼瞳仁狭长，喷吐着歹毒且邪恶的红光。覆盖着外骨骼的脸颊下方，是一张令人恐怖的嘴巴，獠牙横生，长度足有几厘米。那根本不像人类的脸孔，更像是来自地狱最深处的恶魔。

这家伙的外观看上去极不正常：身高足有两米，两腿膝关节向后扭曲，而不是向前，双手指骨间各自探出约一尺长的利刃，在昏暗的灯光下闪动着冷厉的光芒。

这他妈是什么玩意？透骨的寒气从心底升起，久经沙场的重甲也不禁打了个寒战。龙心兰也愣住了，大胖更是张大了嘴巴，呆若木鸡。

那名似人而非人的怪物扬起手臂，利刃挟着一溜寒光直奔重甲咽喉而来，快如石火电光。重甲来不及开枪反击，只好侧身避开。寒气森森，利刃贴肤而过，距重甲的脖颈不过半分。

龙心兰出现在重甲身边，双手紧握着一柄小巧的消音手枪，对准那怪物扣动扳机。重甲惊魂稍定，也举起了灰熊手枪。两人同时开火，但对方仅用一个横移就避开了弹道，动作快到如同鬼魅。

“轰。”巨响如同雷鸣，震耳欲聋，大胖不知从哪里拎出一把老式散弹枪，也瞄准那头怪物开了火。怪物并没有闪避，仅仅抬起左臂挡在面前。弹丸在它胸前爆出点点火星，但它半步也没有后退，只用一个跨步就到了大胖面前，利刃挟风而落，似乎要把白胖子劈成两半。

危险！重甲来不及思索，纵身上前，抱住大胖着地滚开。细微的响声掠过，仿佛冰层开裂，又仿佛利刃划过绸缎。散弹枪的枪管被斩成两截，半截枪管“扑通”一声跌落在地板上。

重甲夺过大胖手里的枪柄，回手砸向那头怪物，枪柄不偏不斜地砸在对方脑袋上，但它却浑如未觉。“嗖嗖”两股利风从重甲头顶上方掠过，怪物的右胸爆出了几点火星。龙心兰及时赶来，开枪支援。这一次，对方踉跄退开，喉咙里发出沙哑的怪叫，听上去完全不像人类的声音。

“躲起来，快！”重甲把大胖远远推开，举枪对准那怪物的眉心再次扣动扳机。对方再次闪身避开，未能击中。重甲接连扣动扳机，将满排弹夹全部倾泻而出，但那头怪物左闪右避，弹丸纷纷落空，无一命中。

这怪物身上穿的不像是防弹衣，但它不怕散弹枪和龙心兰的小手枪，唯独对重甲那把大块头灰熊手枪有些忌惮。龙心兰和大胖共打了它五六枪，但它却若无其事。这怪物体表覆有类似甲虫的生物外骨骼，极为坚固，普通枪弹无法造成有效伤害。重甲的灰熊杀伤力远远超过普通手枪，或许能够穿透怪物的外骨骼。

重甲换掉打空的弹夹，没等推弹上膛，那怪物已经掠到了他面前，薄薄的利刃在空中漾起一道寒光，向重甲迎头斩落。

真他妈快！重甲就地侧滚避过利刃，正准备举枪反击，眼前寒芒再次闪来，那怪物竟然如附骨之蛆般贴在他身边。

利刃应该是骨刃，却极其锋利，连硬度极高的合金枪管也能一刀两断。重甲避无可避，只有抬起左手强行扣住对方的手臂。利刃来势变慢了，但没有停顿，仍在一寸寸地向重甲的脖颈推进。

这怪物力大无比，单手根本无法挡住他。獠牙横生的嘴巴近在咫尺，牙齿尖利如同刀锋。这压根就是恐怖电影中的异种怪兽，却活生生地出现在了面前！重甲想把枪口对准对方的脑门，但右腕却被怪物一把攥住，他感觉两条前臂喀喀作响，似乎随时都会折断。

枪声骤然响起，龙心兰开火了。那怪物背后像长着眼睛，微微一晃就避过弹道，同时飞起一脚，重重踹在重甲胸腹之间。

重甲不由自主地腾空而起，足足飞越了半个房间。这一脚痛彻心扉，但重甲并不慌乱，努力调整落地姿势，同时举枪对准那怪物的身影，接连扣动扳机。

龙心兰和重甲双枪并举，弹丸交错，纷落如雨。可惜那怪物的动作实在太快，简直就像一道黑色的电光，在房间内曲折迂回，他们两个打出的每一发子弹都与怪物擦肩而过。

“这边来，这边来，咱们到楼上去。”大胖不知何时跑到了通往卧室的楼梯口，怀里居然还累累赘赘地抱着他那台电脑主机。生死关头却去抢救计算机，重甲啼笑皆非。

龙心兰看在眼里，顿时变了脸色，高声道：“闭嘴！快躲起来！”

话音刚落，那怪物就鬼魅般闪到大胖身旁，利刃漾起一道寒光，刺向大胖的咽喉。大胖手忙脚乱，情急之下，举起电脑主机挡在面前。伴随着撕裂空气的低鸣，骨刃毫无阻碍地洞穿了电脑机箱。

也许是骨刃卡在了机箱中，而大胖子又过于肥硕，那怪物的动作稍微顿了一顿。好机会！重甲及时端平灰熊手枪，瞄准对方的后背扣动了扳机。

这一次正中目标，怪物转过身来，再次发出了那种骇人的号叫。一发子弹不足以致命，重甲咬紧牙关扣动扳机，一口气将弹匣里的子弹全部倾泻而出。

怪物左右腾挪，但动作比之前已经慢了几分。弹丸在空中划过一道道流光，接连钻进他的胸口。那怪物后退几步，垂下双臂，背靠墙壁缓缓坐倒。

干掉了？重甲换掉打空的弹夹，小心翼翼地向那怪物靠近。龙心兰则奔到吓呆了的大胖子身旁，连声呼唤对方的名字。

怪物靠坐在墙边，用那血红的双眼瞪视着重甲。重甲抬起枪口对准它的脑门，厉声喝道："你，会不会说人话？"

怪物紧绷的嘴唇缓缓张开，露出满口獠牙。他好像在笑，但那笑容不太对劲，而且那张嘴也咧得太宽了，几乎扯到了耳根。怪物覆盖着外骨骼的脸颊则迅速塌陷下去，表情变得极为诡异。连绵不断的嘶嘶声从它口腔深处响起，但那不是笑声，没有任何人的声带能发出那种声音。

"是吞噬杆菌，快走！"龙心兰出现在重甲身边，伸手扳住了他的肩膀。

吞噬杆菌！透骨的寒气从背脊直蹿天顶，重甲不禁打了个哆嗦。他明白这四个字代表着什么，吞噬杆菌又称自噬型芽孢杆菌，属于生物武器，平时需要低温冷藏，接触常温后菌株就会迅速激活增殖，释放出高烈度分解酵素，把接触到的所有物体统统融为一摊渣滓。

两人不敢停留，拉上大胖，返身冲出房间。合上房门时，重甲回头瞥了一眼，那名怪物胸腔以上的部分已经完全消失，淡绿色烟雾以他的身体为圆心向四周不住扩散，房间中的家具已经蒙上了一层深褐色的锈斑。

几分钟后，房间内的嘶嘶声终于渐渐止歇，重甲冒险拉开了房门。

也许是分解酵素太过猛烈，连分泌酵素的变异菌株也被吞噬，绿雾只扩散到房门边缘就渐渐消散，整间客厅变得空空荡荡，坑坑洼洼的地板上只留下了一摊摊黏液，以及令人欲呕的恶臭。

“真见鬼！我的家全他妈毁了！你们到底惹了什么麻烦？”大胖紧紧地抱着穿了一个大洞的电脑机箱，满脸沮丧。

重甲恶狠狠地瞪着大胖，“你不是说对方没法定位咱们吗？这他妈怎么回事？”

大胖子低下脑袋，喃喃地道：“我……我不太清楚。”

龙心兰思索片刻，解释道：“或许我们开始下载时追踪程序就已经运行了，然后他们就派出了这种怪物。”

“这怪物到底是什么玩意？”

龙心兰眉头微皱，缓缓摇头，“我也不清楚。”

这种怪物类似人类，但绝对不是人，难道这就是基因战士增强计划的产物？如果确实如此，曝光这件事就足以扳倒维兰德科技，可惜尸体已经被分解得干干净净，他们没能拿到任何证据。

他们发了一会儿呆，重甲从怀里摸出一张钥匙卡递给大胖，道：“这件事还没完，你先去我家躲一阵子吧。”

“那好吧。”大胖叹着气接过了钥匙卡。

第二十一章

全市游行

车辆发动的声音从巷口外传来，重甲急忙转过身，正好看到一辆黑色的越野车从巷口前方飞快驶过。

难道是阿龙和阿虎刚刚提到的那辆黑色越野？重甲急忙追出小巷，那辆越野已经驶上了主路。阿龙和阿虎则瘫倒在巷口边，昏迷不醒。

肯定是车上的人派出了变异怪物。重甲和龙心兰对视一眼，跳上电动轿车，启动了车子。龙心兰关掉自动驾驶，用终端机锁定那辆越野车，电动轿车骤然加速，迅速驶上主路。大胖没来得及乘上车子，急得跳脚大叫，两人也顾不上理会。

车流滚滚，无数车灯交织在一起，汇成了一条条五光十色的彩带，四面八方奔流不息。那辆越野车似乎没有关闭自动驾驶，速度比他们慢了不少，龙心兰将动力加到最大，连续超车，两辆车之间的距离不住缩短，已经不足一百米。

重甲拔出手枪，戴上智能眼镜，认真审视着那辆黑色越野车。这次对方的车辆没有防电磁涂层，能看出车里只坐着一个人。

龙心兰突然变向，超过一辆豪华轿车，紧跟在那辆越野车之后。透过对方的后视镜，重甲看到了一张白森森的脸孔，头顶双角，獠牙横生，正是那位般若面。

终于要逮到这小子了！重甲心中微感欢喜。正在这时，几道突如其来的光柱从天而降，几架警用无人机出现在电动车上空，被扩音器放大的电子合成音在两人耳边不住回荡，“警告，你已经严重超速，请立即减速停车，接受检查；警告，你已经严重超速，请立即……”

龙心兰充耳不闻，正想再次加速，一盏红灯突然在中控面板上亮起，并发出了滴滴的提示音。重甲低头看看，却发现电子地图前方的路段全部标为红色，无法通行。

所有路段全都堵车？怎么可能？重甲正感疑惑，前方和左右两侧的车辆已先后放慢速度，龙心兰无奈，也只有跟着踩下了刹车。仅仅几秒钟的工夫，周围的车辆全部停车熄火，在路面上排成了几列长长的纵队。原本在上空盘旋的小无人机像是收到了某种指令，不再理会重甲和龙心兰，反而掉头向前方飞去。

大路上车辆密排，无法继续行驶，透过车窗，能看到那辆越野车也停了下来。重甲指指那辆车，龙心兰点头道：“咱们下车，追上去。”

龙心兰的话还没说完，重甲已经跳下车子，矮着身子向那辆越野车奔去。但刚刚奔出不远他就停下了脚步，智能眼镜显示：那辆车里空无一人，对方已弃车而逃。

龙心兰提着手枪奔到重甲身边，指着右前方道：“在那边。”

重甲凝目看去，两个车道外，一个身穿黑色风衣的身影正借着车辆的掩护向前狂奔。

“追，绝对不能让他逃掉！”三番两次派人追杀，还派出了那种变异怪物，重甲的忍耐力已经到了极限。

重甲纵身跃过一辆拦路的轿车，紧盯着对方的背影猛追，龙心兰也紧紧地跟在他身后。

追出不远，路面上的行人渐渐增多，很多人涌上了行车道，手里还挥舞着标语牌和横幅。重甲顾不上去看怎么回事，全力狂奔，结果接连撞倒了几名行人，惹来一片骂声。两个高大的年轻人气势汹汹地冲过来，似乎想揪打重甲，但看到他手里那把大块头灰熊手枪后，又知趣地退了回去。

重甲奔上一个立交桥，猛然停下了脚步。道路上全是人，摩肩接踵密密麻麻，简直不见首尾，他们已深陷人群之中。这是一场大游行，游行队伍占据了整个路面，这就是造成交通拥堵的原因。

宽大的横幅在人潮上方不断挥舞，其中有很多是电子横幅，闪闪发光的字符在上面轮番滚动。重甲留意到，很多标语都写着："反对猎户座计划""我们不要木卫二""我们只要地球"之类的字样。

"这他妈怎么回事？"重甲紧盯着不远处的般若面，想冲过去，却又被游行民众挡了回来。

"猎户座计划。"龙心兰奋力挤到重甲身边，喘着气道，"欧联和美联已经通过了猎户座计划的提案，据说亚联也会通过，民众对此很不满意。"

般若面已经混进了游行队伍里，回过头，得意地看着重甲和龙心兰。重甲举起手枪瞄准对方，却犹豫着不敢扣动扳机。到处都是游行示威的民众，灰熊的威力又太大，很容易误伤他人。

迟疑片刻，重甲把手枪揣进怀里，拉上龙心兰顺着人流向前走，一边盯着般若面，一边低声道："这件事我知道，但没想到民众反应会这么激烈。"

龙心兰也收起手枪，解释道："猎户座计划预算金额极其庞大，各联盟要全面缩减开支才能维持，生活保障金也要缩减，民众原本就很不满意，再加上某些议员煽风点火，极力煽动民众的敌对情绪，所以……"

话音未落，震耳欲聋的口号骤然响起，"反对猎户座计划！反对猎户座计划！"

"我们不要木卫二，我们只要地球！我们不要木卫二，我们只要地球！"

"我们要生活保障金！我们要生活保障金！"

"地球是我们的家，永远的家！地球是我们的家，永远的家！"

"我们不需要星际移民！我们不需要星际移民！"

……

数万民众同时纵声高呼，喊声震耳欲聋，直透云霄。

游行队伍前后涌动，不知什么人用扩音器放起了摇滚乐，有人在敲打战鼓，还有人纵声高唱流行歌曲，给原本严肃的气氛平添了几分滑稽。

夜空中响起了直升机的轰鸣，手执防暴盾牌的警察在游行队伍前方开始列阵。前面的游行民众已停止前进，但后面的人却还在向前挤，队形愈加密集，转个身都困难无比。

他们和般若面的距离并未拉近，反而越来越远。重甲焦灼万分，但也想不出什么主意，只能尽力护住龙心兰，以免她被人挤伤。

口号停止，周围响起了低沉的咒骂声，一枚燃烧瓶从人群中飞出，砸在警察的防爆盾上，溅起了一团火光。

不好！这种群体事件原本就极难控制，一旦别有用心的人混进队伍，很容易引发骚乱。重甲心中一凛，急忙拉紧龙心兰，奋力向路边挤去。

人群中响起了更大的咒骂声，一个又一个燃烧瓶划过夜空，砸落在警察筑起的盾墙上。警察像是在后退，有些人脱离游行队伍，转而冲进了路边的商店，开始疯狂打砸。

愤怒的吼声在警察队伍中响起，有人在厉声发号施令，盾墙并拢，向游行队伍缓缓逼近。有些示威者在向后退，有些人则奋勇冲向盾墙，举起棍棒向警察们打去。

火光熊熊，烟雾蒸腾，怒吼和惨叫此起彼伏，骚乱开始了。

重甲费尽气力才携着龙心兰挤出人群，回头看去时，视野中早已失去了般若面的身影。

第二十二章

欧文博士

这次大游行造成了全城拥堵，重甲他们从游行队伍中脱身，已经是三个小时之后了。

维兰德科技的机密文件设置了安全保密协议，即使让大胖再次入侵也不会有什么收获，而且极有可能再次引来那种变异怪物。把大胖送到重甲的公寓，重甲和龙心兰径直驱车离开。

再次无功而返，还让般若面从容脱身，重甲倍感窝火，望着车窗外变幻不定的霓虹灯，默默不语。龙心兰觉察到了他的情绪变化，主动安慰道："没关系，不过又是一次失利而已，我们另想办法就是。"

"你有什么办法？"重甲转过脸看着龙心兰。

"看到基因增强战士计划这几个字后，我想起了一个人。"

"一个人？谁？"

"欧文博士，他曾是维兰德科技的首席研究员。"

欧文？从来没听说过这个名字，重甲微感迷惑。

龙心兰淡淡一笑，解释道："七八年前维兰德科技提出了一项人体基因改造计划，但是欧文博士表示反对，维兰德科技开除了欧文，他们的基因改造计划也被中止，后来就再也没听人提起过这项计划。"

原来如此，可是，怎么对这个基因改造计划没有任何印象？重甲努力在记忆中搜索，但未能找到一星半点关于该计划的信息。

重甲皱起眉头，疑惑地道："这件事，我怎么没听到过？"

"那项计划因为有违人道主义，政府怕造成负面影响，没有公开，知道的人很少。我有一位在政府部门工作的朋友，他提过这件事，但当时我没有留意，直到刚才看到那个文件夹，才想起这事。"

这个解释倒是合乎情理，看来龙心兰这位朋友拥有相当高的知情权。重甲思索片刻，问道："你的意思是……咱们去见见这位欧文博士？"

"我是这么想的，那种变异怪物很可能就是基因增强计划的产物，欧文对此应该有所了解。可是，我并不认识这位欧文博士，也不清楚他住在哪里。"

龙心兰打开自己的终端机，输入欧文的名字，并加上了"维兰德生物科技"这个关键词。片刻后，终端机给出了一条多年前的消息：生物学专家欧文入职维兰德生物科技。但消息只是简洁地介绍了欧文的入职时间，并未做出更多说明，也没有配图和个人资料。

龙心兰不肯罢休，又反复搜索多次，仍然只能找到这条信息。龙心兰无奈地耸耸肩，道："看来这位欧文博士是一个非常低调的人。"

重甲探过身看看消息发布日期，提醒道："这是十多年前的信息，要不以这个时间为界限，向前回溯，试着搜索一下全球各大名校拥有生物学博士学位的生员名单。"

"有道理。"龙心兰重新搜索，两分钟后，终端机给出了二十八名欧文，都拥有生物学博士学位。龙心兰认真审视片刻，指着名单上最后一个名字道："咱们先从这个欧文开始查吧，日本早稻田大学，分子生物学博士。正好王教授也曾在早稻田大学研习生物学，我们可以去问问他是否认识一个叫欧文的人。”

“欧文博士？”王教授看看龙心兰，又看看重甲，困惑地道：“你们是说欧文·肖吧？我认识他，怎么了？”

真是得来全不费工夫，重甲不觉心中一喜。龙心兰也面带喜色，迫不及待地道：“这个欧文后来是不是去了维兰德生物科技？”

“对，他是去了维兰德。”王教授点点头，随手在办公桌上拿起一个相框递给龙心兰，“你们看，最右边那个就是欧文。”

相框里是一张合影照，照片中是几位身穿博士服的年轻人。重甲在其中看到了年轻的王教授，脸上戴着厚厚的近视镜，双手扣在身前，腼腆地笑着。最右边那位年轻人身材高大，没戴眼镜，下巴微微上扬，蓝眼睛里透着倔强和傲然，表情略显冷峻。

龙心兰审视片刻，抬头问道：“王伯伯，您现在还能联系到欧文博士吗？我需要找他帮忙。”

“这个啊……我们已经很久没有联系了。”王教授显得有些犹豫，“欧文不是个擅于交际的人，很少和别人交往，也从不参加校友聚会，不过，我可以打听一下。”

王教授从怀里摸出一部智能手机，开始翻找通讯录。龙心兰笑道：“王伯伯，还在用这种老式电话啊？”

“老了，不习惯用你们那种终端机，功能太多，玩不了。”王教授晃晃手机，笑呵呵地道，“有这个已经足够了。”

王教授打了一通电话，回头笑道：“好消息，欧文·肖就住在本地，临近市区的长湖镇，他在那里有一栋小别墅。欧文不怎么出门，平时经常待在家里，很容易找。”

谢过王教授，两人径直驱车赶往长湖镇，没多久就找到了欧文博士的住所。

电动轿车缓缓减速，停靠在路边。重甲转头四下看看，周围全是两到三层的小别墅，掩映在植卉花木之间，显得清净优雅。与嘈杂拥挤的大都会相比，这样幽静的小镇几乎就是一方净土。

属于欧文博士的别墅也是三层，原木色，门前没有栏栅，倒是有两个四四方方的花坛，左边的花坛内种着不少花草，右边的花坛则只有一株孤零零的樱花树，树冠高大，枝繁叶茂，显然已生长多年。

两人走到门廊下，龙心兰轻轻扣了扣门板，问道：“请问欧文博士在家吗？”

半分钟后，房门打开，一位老者出现在两人面前，用略带疑惑的目光打量着重甲和龙心兰。

龙心兰微微躬身，微笑道：“您就是欧文博士吧？”

“我是。”老者也微笑点头，“两位找我有什么事吗？”

欧文博士是一位相貌和蔼的老人，秃顶，白胡子，看上去和达·芬奇笔下的自画像颇有几分神似。当然，是老年版的达·芬奇，而不是韦罗基奥雕塑下那俊美非凡的青铜大卫版达·芬奇。

似乎经过了岁月的洗礼，欧文的眼神澄净温和，丝毫没有照片中的倔强和骄傲，反而含着几分看透尘世的从容。

“是这样的，我们在调查一起幼儿失踪案，经过多方查证，怀疑与维兰德科技有关，在调查过程中，我们又发现维兰德科技多年前曾提出过一项基因战士增强计划。据我所知，当年您就是维兰德科技的首席研究员，所以想就此咨询您。”

欧文脸上的微笑并未消失，但是变得有点僵硬，犹豫片刻，才摇头道：“抱歉，我多年前就已经离开了维兰德科技，这件事恐怕帮不上什么忙。”

这老头似乎有什么难言之隐，重甲敏感地捕捉到欧文的表情变化。龙心兰再次开口道：“欧文博士，基因战士增强计划是目前唯一的线索，我们需要您的帮助！”

“很抱歉，我帮不了你们。”欧文博士依然摇头，抬手就要合上房门。龙心兰急忙伸手顶住门板，道：“博士，这几年来，已经有889位孩子失踪，您能提供的信息或许就是找到这些失踪幼儿的关键！”

欧文的脸色变了，半分钟后，才再次打开房门，道：“进来吧。”

欧文把龙心兰和重甲让进客厅，又亲手替他们斟上了两杯香茶。龙心兰把调查经过简单叙述一遍，并着重讲了那种变异怪兽。欧文默默地听着，直到龙心兰讲完，他才缓缓地开了口。

“当年我退出维兰德公司就是因为这项计划，可惜，没能起到任何效果，他们还是不肯放弃。”欧文略带忧郁的目光越过龙心兰和重甲的肩膀，漫无目的地望向窗外，似乎想起了很多往事。

“我不愿意干，自然会有其他人来取代我的位置。”半晌，欧文才收回目光，苦笑着摇了摇头，“这一计划会带来丰厚的回报，维兰德科技董事会那些老混蛋经受不起这种诱惑。

“我是一名生物学家，喜欢站在生物学的角度思考问题。人类也是地球生物圈的一员，而且人类必须食用动植物才能维持生命，这一生物属性决定了人类贪婪的本质。

“贪婪，就是渴望而不知满足。那些高高在上的政要和商界大亨是如此，生活在社会底层的平民百姓也是如此，所有人类都是如此。维兰德科技的基因战士增强计划，就是为了满足部分人类的贪欲。”

难道来这里的目的就是为了听这个老头子大发感慨？重甲有点不耐烦，转过头瞥了龙心兰一眼。龙心兰却浑如不觉，全神贯注地倾听欧文博士的讲述。

“在常规战争中，体能远远超过人类的基因战士能够发挥巨大的威力。各国军方表面对基因战士增强计划不屑一顾，可私下里，他们却渴望得到超级士兵，在这一计划尚未实施之前，维兰德科技就接到了许多秘密订单。

“有这么广阔的市场前景，维兰德自然不会停止他们的研究计划。在我辞职前夕，董事会就找到了一个叫作三禾美智子的日裔女人和一个叫作马丁内斯的英国人来主持研究，据说他们现在已经是研究主管了，基因增强战士计划应该就是由他们两个负责。你们所遭遇的那种怪物，或许就是他们的研究成果。”

龙心兰试探着问道：“您的意思是，我们应该去找三禾美智子和马丁内斯？”

欧文博士缓缓摇头，“不，那样不行，三禾美智子和马丁内斯全力支持基因增强计划，直接去找他们不会有任何收获。你们应该去非洲。”

“去非洲？”龙心兰疑惑地挑起了双眉。

欧文并未做出解释，而是反问道：“目前来说，维兰德科技已经是世界上最强大的经济实体，你们确定要继续调查下去吗？”

重甲和龙心兰对视一眼，两人同时点头。

“在非洲中部，维兰德科技拥有一个秘密生物实验基地，当年就是在那里秘密进行了几次基因增强实验。后来我得知这一消息，极力反对，并在媒体上公开了部分内容，基因增强计划才不了了之。

“那个基地位置隐秘，是进行秘密实验的最佳地点。如果我所料不差，维兰德科技还会在那里重新启动基因增强计划。”说完这些，欧文又苦笑着摇了摇头，“可惜我已经离开很久了，不知道这个消息是否有用。”

第二十三章

丛林历险

两天后，重甲和龙心兰抵达非洲大陆。为了避免泄露行踪，两人做了精心伪装，并使用了由大胖伪造的身份证件。此时，他们的公开身份是外出度假的新婚夫妇。

不过，非洲实在不是度假的好去处。

非洲是人类文明的发源地，拥有悠久的历史和丰富的文化遗产。但是，辉煌的历史早已随风而去，提到非洲，人们首先想到的就是：落后、贫穷，以及血淋淋的部族仇杀。

除了南非和埃及外，非洲绝大多数国家都没有加入美联、亚联及欧联三大政体，也没有成立属于自己的联盟，虽不乏有识之士多方呼吁，但收效甚微，战乱和部族仇杀仍然在这个大陆频繁上演。

好在重甲和龙心兰有能力保护自己。重甲昔日的两名战友在中非做雇佣兵，有熟人帮助，他们顺利搞到了不少武器装备，包括作战服和G36突击步枪，虽说有点落后，但用来防身已绰绰有余。

重甲和龙心兰背负着包裹，并肩站在山头，俯视着面前的山谷。满山苍翠，若有若无的雾气笼罩在山谷中，望出去微带朦胧。

欧文所说的秘密基地就在山谷之内，不过距离尚远，智能眼镜未能有所发现。山谷本身就是天然屏障，再加上雾气和丛林的遮掩，即使动用军事卫星也难以找到基地的位置，把实验基地修建在这里，维兰德科技肯定费了不少气力。

约半个小时后，他们下到谷底。放眼四周，目光之所及之处尽是密密层层的原始丛林，几乎覆盖了整个山谷。

遮天蔽日的大树枝叶交错，树干上挂满了长藤，几乎看不到阳光。阴暗、闷热、潮湿，鸟鸣声此起彼伏，还有无数飞虫在身边嗡嗡飞舞，惹得人心烦意乱。植被异常茂密，这个山谷很少有人类涉足，各种植物都在疯长，根本找不到路径。重甲抽出砍刀走到前方，主动承担了开路的任务。

龙心兰紧跟在重甲身后，一边分辨方向，一边看着自己的终端机。两人都打开终端机，并启用了电磁扫描，秘密基地外围肯定有难以计数的监控器，他们要加倍小心。

走了将近一个小时，却未能发现任何监控设备，重甲微感奇怪。按说这种秘密基地的安保应该不亚于维兰德总部才对，怎么会如此松懈?

正在思索，头顶上方枝叶微微晃动，一道黄影无声无息地凌空跃落。腥膻的热风扑面而来，转瞬间，两排白森森的獠牙就出现在重甲咽喉前方。

“小心！”一声警告从身后响起，似乎龙心兰也遭遇了袭击。这一刻，身体的反应似乎远远快过思维，重甲闪身避开，顺手提起砍刀迎面刺去。利齿合拢，紧紧地咬住了刀刃，重甲手臂剧震，砍刀不由得脱手而出。

重甲不假思索地侧身滚倒，同时抬起G36步枪，对准那条黄影扣动了扳机。枪声响起，龙心兰也在开火，但重甲无暇观看黑发女子的对手是什么。

碎石四溅，木屑横飞，两株树木在弹雨中断裂。一个硕大的躯体重重地砸落在重甲身边，躯干上布满大大小小的圆环，两只眼睛凶光四射，利爪闪亮如同刀锋。那是一头美洲豹，但是体型要比普通的美洲豹大了许多。

这头美洲豹至少中了五六枪，却没有倒下。重甲端平枪管，对准那双近在咫尺的黄眼睛再次扣动扳机。鲜血四溅，美洲豹发出一声嘶吼，终于扑倒在地。重甲没有去确认美洲豹是不是已经毙命，单膝跪地，左右转动视线，想找出还有没有隐藏的敌人。

没有发现，来袭的共有四头美洲豹，同时扑向他们两个，就像事先经过多次演练一样，互相间的配合堪称天衣无缝。除了一头被重甲打死之外，另外三头已经消失在了丛林中，如同它们突然出现时那样毫无声息。

“我打中了一头，至少打了它两枪，但它似乎没有受到半点影响。”龙心兰紧盯着美洲豹的尸体，两眼中满含困惑，“美洲豹不可能出现在非洲，再说，我从没见过体型这么大的美洲豹，它们显然经过了基因强化。”

重甲没有反驳。黑发女子说得对，自然界中的美洲豹是独行杀手，向来单独捕猎。这些来袭的美洲豹极为强悍，块头超大，而且还懂得团队配合，出击的时机把握得恰到好处。它们是生物武器，是基因工程的造物。

使用经过基因强化的动物充作守卫，看来欧文博士提供的消息没错，这里肯定是维兰德生物科技的秘密实验基地。

骚动的丛林渐渐恢复了宁静，仿佛什么事都不曾发生，但这宁静与之前不同，有一股无形的肃杀正在悄悄蔓延。重甲提高了戒备，不敢有丝毫掉以轻心，这看似平静的丛林中蕴藏着无穷的杀机，稍一疏忽就会丢掉性命。

重甲虚扣着扳机，全神贯注，以防再有什么意外情况出现。但是美洲豹没有再次露面，也没有别的野兽来袭。

又走了将近五公里，某种前所未见的植物出现在前方，龙心兰和重甲同时一愣，先后停下了脚步。

踏进山谷以来，所见的全是一些较为普通的丛林植物，灌木、蕨类、棕榈树，以及肆意生长的蔓藤。但是前方的树木与众不同，树身不高，最高的也不超过五米，枝叶横生，叶片宽厚肥大，如同伞盖，绿的仿佛能滴出水来，上面还分布着色彩艳丽的条纹。最为奇怪的是，这片树林中弥漫着一股若有若无的白雾，有不少动物的尸骸倒毙在树林里，已经只剩了累累白骨。

从倒毙在树下的尸骨来推断，树林内一定隐藏着某种致命的危险。这种怪树分布很有规律，每一株相距都在四米左右，林内没有灌木，连随处可见的蔓藤也没有。重甲不敢贸然上前，左右看看，目之所及之处全是这种怪树，想继续前进，就只有穿过这片树林。

这种怪树不像是自然生长，应该是人为种植。重甲回头看看龙心兰，问道："这是什么？食人树？"

龙心兰犹豫片刻，摇头道："不清楚，我从未见过这种植物。"

绕过去或许是最佳选择，但秘密基地就在正前方，再说也不清楚这片树林的覆盖范围，还是从空中侦察一下比较合适。重甲思索片刻，提议道："这种怪树让人很不安，还是放出无人机探探路吧。"

龙心兰点头赞同，替重甲取下背包，拉开拉链，取出了一台小巧的无人机。

这是一架警用双旋翼无人机，仅三公斤重，抗风防雨，最大遥控距离十五公里，可以连续飞行将近两小时。无人机能拍照或录像，还支持语音通话，机身下方有一对可伸缩的机械臂，能投掷或抓取不超过五公斤重的物品。携带无人机是龙心兰的主意，重甲原本觉得这玩意没什么用处，没想到还真派上了用场。

旋翼嗡嗡转动，小无人机腾空而起，向丛林上空飞去。重甲拿着遥控平板，盯着画面。这种无人机操控方式和侦察蝇大同小异，对于重甲来说不过是举手之劳。

密密层层的枝叶在画面中连续闪过，重甲操控无人机继续向上爬升。一直升到最大高度，才让无人机悬停在半空。

怪树的叶片上生着艳丽斑斓的条纹，很容易分辨。从画面来看，这种怪树形成的树林呈环状，方圆约九公里，但纵深不超过二百米。越过树林约两公里处，有一条环形的小溪，看形状显然是人工开凿而成。

小溪内侧能看到某种建筑的轮廓，上面覆满蔓藤和野草，从外观来看，这栋建筑不算高，占地面积也不大，小溪和怪树林就像两道环形的城墙，将这栋建筑严严实实地圈在城墙之内。

这栋建筑就是维兰德的秘密基地？重甲回头看看龙心兰，问道："要不要让无人机飞过去？"

龙心兰摇摇头，"不，咱们还没搞清楚维兰德的防御措施，贸然接近很容易暴露。”

“现在可以断定，这片树林就是维兰德的防御措施之一，想进去就只有穿过这片树林，咱们戴上防毒面罩吧。”

等重甲收回小无人机，龙心兰已经从背包里取出了两副防毒面具，将其中一副递给重甲。为了这次行动，他们做了不少准备，背包里不仅有野营用品，常用工具也一应俱全，此外还有七日份的行军口粮。

装备齐全，两人才背上背包，小心翼翼地踏进了树林。

雾气似乎渐渐变浓了，眼前一片朦胧，能见度不超过二十米。

两人保持着警戒，缓步前进，刚刚走出不远，一声轻微的响动忽然引起了重甲的注意。重甲循声望去，却见右侧一株怪树的叶片卷曲起来，并慢慢转向两人所在的方向。

看来这种怪树和食蝇草差不多，都是先利用叶片把逮到的动物包裹起来，然后分泌消化液将其吸收掉。重甲指指那棵树，示意龙心兰小心。没等龙心兰回应，怪树的叶片忽然张开，“咻”的一声，一枚尖刺从叶片正中射出，直奔龙心兰胸口而来。

居然还有远程武器！重甲急忙一把将龙心兰推开，尖刺挟风而过，笃地钉在另一颗怪树的树身上。那棵树微微一抖，随即叶片也卷曲起来，转向龙心兰和重甲。再四处看看，周围的几棵树全都卷起了叶片，树身扭曲，看上去极为诡异。

下一步应该就是尖刺齐射了。重甲和龙心兰互相看看，异口同声地道：“跑！”

两人低下头，拼尽全力向前奔去。前后左右风声不绝，不断有尖刺擦肩而过，每一棵怪树能同时射出七八枚尖刺，几十株同时发射，其威力不亚于机枪扫射。

他妈的！这儿简直就是一个杀人陷阱！重甲暗自咒骂，一面躲闪，一面奋力向前，实在难以躲开的尖刺就冒险用枪柄去砸。幸好怪树射出尖刺前必须先卷起叶片，发射过程比较慢，因此他们有机会提前规避。虽说如此，两人的上衣和裤腿也被尖刺刺穿了几个大洞。

在特种部队时，重甲曾接受过类似的训练，赤手空拳穿过一根根移动木桩，木桩上还插满锋利的刀刃，稍一疏忽就是皮破血流。目前的局面他倒还能应付，但是龙心兰呢？她能行吗？

百忙中重甲回过头去，向龙心兰瞥了一眼。黑发女子迈着一种舞蹈般的步伐，以间不容发之势避过一根又一根激射而至的尖刺，动作轻捷自如。在朦朦胧胧的雾气中望出去，她简直就像一个随风而舞的精灵。

黑发女子肯定受过地狱级别的专业训练，而且比重甲更胜一筹！

稍一分神，一根尖刺就扑面而至，重甲来不及闪避，只得把手中的突击步枪挡在面前。尖刺正中枪身，爆出几点火星，又远远地弹飞出去。没有受伤，但重甲已惊出了一身冷汗。

好不容易穿过食人树林，重甲和龙心兰对望一眼，不约而同地坐倒在地，呼呼喘气。

第二十四章

秘密基地

穿过食人树林，又经过半个多小时的艰难跋涉，在无人机画面中看到的那条小溪横亘在两人前方。

溪流并不算很宽，最多只有六米，溪水呈深绿色，似乎深不见底，水面上落满早已腐败的树叶，散发着一股难闻的腐臭。

水里不知道潜伏着什么。重甲盯着溪水看了一会儿，抽出砍刀，返身劈下一根两米多长的树枝，走到了溪边。

重甲把树枝插进水面，想试试溪水的深度。树枝刚刚入水，原本平静的水面上突然翻起一道水花，一条约三十厘米长的怪鱼从水中蹿出，腾空而起，迎面扑向重甲。

那条鱼脑袋极大，几乎和身体不成比例，嘴巴里竟然长着两排闪闪发光的利齿，而且双鳍极长，左右平平展开，似乎能在空中滑行。

虽然早有防备，重甲还是吃了一惊，急忙提起砍刀横在面前。怪鱼咔嚓一口咬在刀刃上，重甲后退几步，想把它甩掉，但那条怪鱼紧紧地咬住了刀刃，就是不肯松口。

重甲松手丢掉砍刀，端起突击步枪。然而没等他瞄准，那条鱼在地上弹跳几下，又张开双鳍，扭身回了溪水里。重甲愕然片刻，捡起砍刀，才发现刀刃居然被那条怪鱼咬出了一排深深的牙印。

“这是什么鱼？”重甲举起砍刀，呆呆地看着龙心兰。龙心兰盯着刀刃看了一会儿，才叹道：“可能是亚马逊食人鱼，不过，食人鱼没有这么强的咬合力，和之前遭遇的美洲豹一样，这种鱼也经过了基因强化。”

“食人鱼，而且还会飞！”重甲看着刀刃上的咬痕，心中犹有余悸。这把砍刀虽然只是普通材质，但刃区硬度至少达到了60HRC①，这种怪鱼竟然能在刀刃上咬出齿痕，其咬合力只能用“恐怖”二字来形容了。

龙心兰从背包里取出一只烤鸡，撕开包装，丢进了溪水。片刻后，溪水剧烈地翻腾起来，数不清的怪鱼一拥而上，转眼间就把那只烤鸡撕成了碎片。水面上，闪闪发光的利齿密密麻麻，还忽张忽合，看得人头昏目眩。

美洲豹、食人树，还有会飞的食人鱼，毫无疑问，它们都是经过基因强化的变异物种。

重甲环顾四周，丛林静悄悄的，似乎没有什么异常。他们进入山谷已经超过了两个小时，却一直没有发现隐藏的监控设备，也没有遇到维兰德的巡逻队，这一点很不正常。

没等重甲说出自己的疑惑，龙心兰已经走到一棵大树下，手足并用，灵敏地向上爬去。一直爬到约五米多高，黑发女子才靠着一根树干停下，再次拉开背包，取出了一只小小的弓弩。

龙心兰把弓弩对准对岸，扣动了扳机。弩箭射出，箭尾拖曳着一根细细的钢缆，钉在溪流对岸的一棵大树上。龙心兰固定好钢缆，又取出两枚

---

① HRC：此处的HRC是洛氏硬度的简称，由洛克威尔（S.P.Rockwell）在1921年提出，是一种测定金属材料的硬度值。

滑轮安装在钢缆上，这才低头道：“上来。”

跨过溪流才能抵达秘密基地，但是，游泳不同于平地奔跑，涉水而过的结果恐怕只能是喂鱼。重甲也跟着爬上大树，两人借助滑轮的帮助，先后凌空荡过了溪水。

那条小溪似乎是最后一道防线，两人越过溪水，走到无人机拍到的那栋建筑附近，也没有遭遇什么危险，更没有发现维兰德的巡逻队。

这是一栋单层平房，低矮宽阔，看上去很不起眼。没有窗户，只有一道窄窄的小铁门，墙壁上生满青苔和蔓藤，门板锈迹斑斑，似乎废弃已久。最为奇怪的是，围着平房立起了一圈两米多高的金属柱，但是每根柱子之间都空荡荡的，没有常见的铁丝网或电线，让人有点摸不着头脑。

电磁扫描并未发现端倪，但立柱之间肯定暗藏玄机。重甲俯下身捡起一块拳头大的石块，随手丢向两根金属立柱中间的空处。

出乎意料的是，石块在空中划出一条弧线，越过金属柱砸在墙壁上，随即掉落在地。

没有机关？重甲大感意外，又捡起一块石头，正想对着金属柱丢出去，龙心兰凑到他身边，低声道：“门框上方，你看。”

重甲抬头看去，门框上方缠满蔓藤，层层叠叠。端详许久，才在枝叶间发现了一个小小的摄像头，同样遍布锈痕。

这里根本不像有人居住。重甲转头看着龙心兰，问道：“难道这里早就被废弃了？”

龙心兰犹豫片刻，摇头道：“也有可能是伪装，既然来了，咱们还是进去看一看吧。”

两人再次用个人终端做了一次全方位扫描，确信没有异常，才小心翼翼地走到铁门外。重甲用G36的枪管在门板上轻轻捅了一下，再次出乎意料的是，门板居然晃晃悠悠地打开了，铁锈摩擦，声音令人牙酸耳涨。

陈腐的气息扑面而来，里面黑沉沉的，一时什么也看不清。智能眼镜自动切换到夜视模式，两秒钟后，重甲才看清门后的情况。

几张翻倒的椅子，一张亚力克长桌，地面凌乱地散落着许多物品，全都蒙着一层厚厚的灰尘，似乎已经多年无人光顾。两人先后钻进半开的铁门，巡视一遍，仅在几张废纸片上发现了维兰德科技的双螺旋标记，此外一无所获。

重甲有点沮丧，喃喃地道："这里当真是维兰德的秘密基地？欧文不会是在骗咱们吧？"

没有收到回应，龙心兰站在一面墙壁前，正认真地端详着什么。重甲凑过去仔细一看，却是一个老式挂钟，奇怪的是，钟面没有玻璃，仅有一根指针指向12点方向，裸露在外，也积满了灰尘。

"这个挂钟有点奇怪。"龙心兰试着拨了拨指针，但指针也像是锈住了，一动不动。

"让我来。"重甲上前扳住指针，先向左一扳，指针纹丝不动，再用力向右一扳，指针吱吱嘎嘎地转到了3点钟方向。

没等重甲松开手，沉闷的轰隆声从脚下传来，重甲微微一惊，急忙揽住龙心兰退到墙边。

轰隆声不绝于耳，地面和墙壁微微颤动，头顶上积尘簌簌而落。地板从中缓缓裂开，没多久，一个三米见方的洞口出现在两人面前。几分钟后，轰隆声缓缓止歇，此后再没有任何动静。

重甲走到洞边，探头向下一看，深不见底，只能隐约看到洞壁两侧每隔数米就有一扇密封门。重甲从腰间取出一枚照明棒，划燃后丢进了洞内。照明棒晃晃悠悠地坠下，一分多钟后，才隐隐听到一声闷响。

洞口处原本应该有一个升降平台，只是早就没了电力供应，很显然，这个秘密基地废弃已久。

两人犹不肯放弃，绑上安全绳下到洞内探查了一遍，结果没有任何有价值的发现。这儿确实是维兰德科技的秘密基地，但是整座基地空空荡荡，所有设备早已拆卸一空。

几个小时后，两人闷闷不乐地离开了这座基地，原路返回。

天色已渐渐暗了下来，丛林中一片漆黑，好在两人有智能眼镜，夜视模式下，百十米内一览无余。

再次越过那片怪树林，又走了半个多小时，两人都感觉有些疲惫，于是选了一个比较开阔的地面，暂做歇息。龙心兰取出两份军用口粮，又拿出一瓶饮用水递给重甲。

忙活大半天却毫无所获，重甲有些不快，连灌了几口水，抹抹嘴巴，道："又他妈白跑了一趟，那个欧文是不是在骗咱们？"

"不太可能。"龙心兰撕下口粮内的加热袋，随手丢掉，摇着头道："就是因为反对基因增强计划，欧文博士才离开了维兰德科技，他没有理由骗我们。更大的可能是在欧文离开之后，维兰德科技为防止泄密，故意放弃了这个实验基地。"

有道理，欧文几年前就已经离开维兰德，他并不清楚后来又发生了什么。重甲一边沉思，一边撕开口粮外包装，舀起一勺米饭塞进了嘴里。

两人默默地吃着饭，一时无语。

咽下最后一口米饭，重甲拿起水瓶又连灌几口，刚丢掉包装盒，他的动作突然顿住了。

无处不在的虫鸣停了，丛林忽然变得异常安静。

某种不知名的危险正在悄悄逼近。重甲的右手缓缓扣住G36，用眼神示意龙心兰提高警惕。龙心兰会意，慢慢放下军用口粮，轻轻抓起了突击步枪。

两点绿光在枝叶间幽幽亮起，又是那种经过基因强化的变异美洲豹。重甲微微转头，左边也有，右边也有，四面八方都有，不知来了多少头变异美洲豹，他们已经被团团包围。

重甲攥紧枪柄，低声道，“到这边来，咱们背靠背。”

龙心兰微微点头，极缓极缓地移动脚步，想靠到重甲身边。但刚刚跨出一步，震耳的吼声陡然响起，一头美洲豹窜出丛林，迎面向龙心兰扑去。

“突突突。”龙心兰和重甲同时开火，加装了消音器的G36异常沉闷，在震耳的吼声中几乎细不可闻。那头美洲豹连中十余枪，无力地扑倒在龙心兰脚下。

吼声接连响起，七八头变异美洲豹先后扑出丛林。重甲挡在龙心兰身前，紧扣扳机，瞄准视野中不断闪动的黄影，一口气把弹匣里的三十发子弹全部倾泻而出。道道流光划过夜空，枝叶纷落，木屑横飞，又有两头美洲豹连中数枪，其中一头倒毙于地，另一头却只是晃了几晃，很快就站稳身体，再次向重甲猛扑而来。

重甲抽出灰熊手枪，对准美洲豹的嘴巴不住地射击。美洲豹的狂吼戛然而止，身躯向后仰去，最终沉重地摔倒在地面上。

不详的咔嗒声从枪膛里传出，子弹打光了。没等重甲换上弹夹，眼前黄影闪动，浓烈的腥膻扑鼻而来，一头美洲豹已经凌空扑到，寒光闪闪的獠牙距离重甲的咽喉不过十余厘米。

“突突突突……”一连串弹丸斜斜飞来，美洲豹左眼窝里血花四溅。那头美洲豹发出一声满含痛楚的嘶吼，转过脑袋，似乎想找出袭击者。重甲趁机换上弹夹，用几发点射将它打倒在地。

仅仅两分钟后，这场激烈的战斗就再度戛然而止，七头美洲豹倒毙在地，余者再度退回到了丛林深处。重甲的左臂和右腿鲜血淋漓，那是美洲豹的利爪留下的伤痕。

龙心兰取出急救箱，给重甲喷涂了止血凝胶，然后又取出绷带，要替他包扎伤口。重甲摇手制止，道：“皮肉伤而已，咱们快走，继续待在山谷里，这些变异猛兽会把咱们撕成碎片。”

龙心兰犹豫片刻，点头道：“好，我们走。”

第二十五章

人的本性

重甲半躺在沙发里，感觉有些无聊。

他们是昨天返回的中州市，重甲提议立即去找欧文博士，但龙心兰不同意，坚持要他待在酒店里养伤，还把重甲的左臂和右腿都缠满了绷带。

那个秘密基地早就被维兰德科技放弃了，至于那些经过基因增强的美洲豹和食人鱼，也许是没来得及回收，又或者，有人故意把它们留在了山谷里。

变异美洲豹极其凶猛，懂得团队合作，在战局不利的情况下，还知道主动撤退，如果不是重甲和龙心兰身手过人，而且全副武装，他们肯定无法生还。

胡思乱想了许久，一个可怕的念头在重甲脑海深处隐隐浮起：难道欧文故意让他们去送死？

发了半天呆，重甲又摇摇头，把这个想法赶出了脑海。龙心兰说过，欧文因为反对基因增强计划而离开了维兰德科技，他没有理由除掉龙心兰和重甲。可是，总觉得有什么地方不对劲，但又不清楚原因何在，这种莫名其妙的感觉让重甲心烦意乱。

“重甲，我回来了。你不用起身，我自己开门就好。”房门外响起了龙心兰的声音，房门随之打开，黑发女子端着一个盛满食物的托盘跨进房间。

龙心兰步履轻快地跨过客厅，轻轻把托盘放在重甲面前的茶几上，柔声道：“这是我吩咐厨房特地给你做的，快吃吧。”

托盘满满当当，摆放着竹筷和汤勺，几样精致的菜肴，一大碗红豆粥，另外还有两个大面包，香气扑鼻。

龙心兰俯下身指指托盘，笑眯眯地道：“香辣虾、尖椒炒牛肉、麻辣香水鱼、板栗烧鸡、酸辣海蜇头、东坡肘子，本来还想要几个馒头的，可是厨房的料理机器人没有输入做馒头的程序，只好改要了面包。你看够不够吃？”

普通人绝对吃不了这么多，但重甲曾是特战队的一员，接受过特殊训练，他连续三天不吃饭还能正常活动，但饭量也是普通人的好几倍。龙心兰查过重甲的资料，应该知道这一点。

重甲点点头，“够了。不过，没必要把我当作伤员，只不过是皮肉伤而已。”

龙心兰坐在重甲身边，专注地看着重甲，轻声道：“不把你当作伤员也行，那你也不要把我当雇主。”

不当雇主，什么意思？重甲下意识地瞟了龙心兰一眼，黑发女子正默默地看着他，眼眸里似乎蕴含了几分期待，又像是荡漾着层层水波，让人怦然心动。

这眼神真要命！重甲避开龙心兰的目光，拿起面包，一边往嘴里塞，一边含含糊糊地说：“那好吧，你不但是我的雇主，也是我的朋友。”

龙心兰垂下眼皮，像是有点失望。隔了一会儿，才抬头道：“你慢慢吃，等你伤势痊愈，我们就去找欧文博士。”

“现在就可以，我的伤已经好了。”

“真的可以？”

“绝对没问题。”重甲随手拆掉左臂上的绷带，补充道，“你看。”

医用凝胶效果很好，手臂上的伤口已经愈合了，只留下几道红褐相间的疤痕。龙心兰伸手轻轻抚摸着疤痕，叹道：“但愿这件案子能尽快结束。”

两人挨得很近，近到足以看清龙心兰那微微颤动的睫毛，嗅到她身上那令人心神荡漾的幽香。重甲急忙伸手拿起筷子，稍稍挪开身体，避开了龙心兰的手指，掩饰道：“但愿如此，不然的话，估计你会赔很多医药费。”

两个小时后，两人再次赶到了欧文博士家。

欧文穿着便服，手里拎着一个老式喷壶，正蹲在花坛边侍弄花草。看到重甲和龙心兰再次出现，欧文直起身来，脸上带着几缕隐隐约约的惊异，但惊异之色转瞬即逝，很快就恢复了之前的淡泊从容。

那眼神是什么意思？重甲捕捉到那一闪而过的惊异，心中再次涌起几分不安。

欧文放下喷壶，微笑着问道：“你们……怎么这么快就回来了？难道没有发现？”

龙心兰含笑点头，“非常抱歉，我们又来打扰你了。”

“没关系没关系，反正我天天都在家闲着。”欧文放下喷壶，打开房门，微笑道，“请进吧。”

两人在客厅沙发落座，欧文再次奉上了两杯浓浓的香茶。

龙心兰点头致谢，却没有动那杯茶，直接问道："欧文博士，你有没有什么办法能帮我们潜入维兰德总部？中非之行一无所获，我们要想办法查出维兰德科技的犯罪证据。"

欧文端起茶杯抿了一口，疑惑地问："秘密实验基地什么也查不到？"

龙心兰苦笑着摇摇头，"那个基地很早就被遗弃了，我们发现了许多经过基因增强的美洲豹和食人鱼，还有一种可怕的食人怪树，此外一无所获。"

欧文发了一会儿呆，缓缓放下茶杯，摇头道："维兰德董事会那帮人太狡猾了，我知道秘密基地的位置，他们肯定是担心阴谋败露，所以放弃了那个基地。"

"我们要潜入维兰德总部，总部主机里肯定保留基因增强计划的实验数据，目前来说，这是唯一的办法。"

"不行，那太危险了！"欧文显得有些震惊，慌乱地摇起了双手，"维兰德总部防卫森严，还有足足上百人的安保队伍，万一被发现，后果不堪设想！"

"我受人所托，必须找到失踪的小丽莎。"龙心兰表情镇定，脸上还浮出了淡淡的微笑。欧文博士不住地摇头，叹道："竟然使用幼儿当作基因改造的对象，为了利益，他们真是什么事都干得出来！可是，基因增强是不可逆的，恐怕你们找不回她了。"

龙心兰不为之所动，"博士，记得您当年离开维兰德时曾说过一句话：科学研究是为了全人类的福祉，不应该沦落为满足人类贪欲的工具。我们一定要制止这个疯狂的计划。"

老人叹了一口气，苦笑着摇摇头，道："看来你们已经下定了决心，那好吧，今天上午，我刚刚得到一个消息，希望能帮得上忙。”

“什么消息？”

“今天晚上，卡洛斯庄园将举行一场酒会，他们邀请了不少人，其中也包括三禾美智子和马丁内斯，你们如果能混进去弄到他们两个的掌纹，应该就能进得去维兰德总部的实验室和数据库。”

这倒是个好消息。重甲不由自主地瞟了一眼龙心兰。只需采集到三禾美智子和马丁内斯的掌纹和面部数据，重甲和龙心兰完全可以化装成他们两个人，从容进入维兰德科技总部。

“非常感谢，这个消息对我们很有帮助。”龙心兰站起身，恭恭敬敬地向欧文博士鞠了一躬。重甲也跟着站起身，向欧文点头致谢。

“唉，这恐怕是我唯一能做的事了。”欧文苦笑着摆摆手，脸上流露出了一抹无奈，“我已经是年近八十的老头子了，没有能力阻止维兰德科技。”

龙心兰笑了，“博士，您距离现今的平均寿命还有足足二十年，去做端粒修补吧，到时候我们一定去参加您的二百岁生日宴会。”

“不不，我不打算去做端粒修补。”欧文也笑了，笑着摇了摇头，“人类的欲望永无止境，20世纪末期，地球人类的平均寿命还不到70岁；21世纪，人类的平均寿命达到了80岁；如今，这一数值变成了100岁，可人类还不满足，所有人都想活得更长久。

“人类的本性就是欲望。数千年前，中国就有位智者看透了这一点，可惜世人大都醉心于享乐，把这位智者的告诫完全抛在了脑后。”

“智者？”龙心兰挑起眉毛，疑惑地道，“您是说——李耳？”

“对，李耳，也就是老聃。‘五色令人目盲；五音令人耳聋；五味令人口爽；驰骋畋猎，令人心发狂；难得之货，令人行妨’①。数千年前，这位伟大的智者就已看透物欲终将使人堕落，可惜至今人类仍然不能摆脱物欲的诱惑，为了尽可能长久地享受物欲，人类无比渴望长生。

“但是，作为地球生物圈的一员，人类不可能永远活下去，有生存就有死亡，这样才符合自然规律。人类的生命周期越来越长，出生率远远高于死亡率，其后果就是世界人口总数逐年增加。如今全世界总人口已经超过了一百三十亿，早晚有一天，人口数量将会突破这颗星球所能承载的极限。到那时，苦难和饥饿就会降临这颗星球。人类妄想打破自然规律，必然会因此受到惩罚。

“一些有远见的科学家提出了太阳系内移民计划，用星际移民来减轻人口增长带来的生存压力。可惜大多数人看不到这一点，他们认为移民计划太烧钱，会降低自己的生活质量，很多政客也充分利用了民众的抵触情绪，来为自己赢得政治筹码，真是一群井底之蛙。”

重甲大为惊异，目瞪口呆地看着侃侃而谈的欧文博士。科技的发展虽然未能消灭贫富差距，但工业和农业产能远高于以往任何时代，保证人类的生活需求还是没有问题的。

欧文的见解是杞人忧天还是先见卓识？重甲搞不清楚。

告别时，欧文博士拉住龙心兰的手，并反复叮嘱她要千万小心。龙心兰微笑着回应道：“不用担心，我还有一位身手过人的同伴，他会保护我

① 出自老子《道德经》，意在劝诫人们摒弃物欲的诱惑，而保持安定知足的生活观念。

的安全。”

欧文转向重甲，伸手在他肩上重重一拍，“小伙子，龙心兰就交给你了。”

“尽管放心。”重甲也微笑着做出了承诺。

第二十六章

庄园酒会

“你……有什么事？”金发碧眼的欧洲人拉开房门，看着一身侍应生打扮的龙心兰，表情略显愕然。

黑发女子举起手中的托盘，唇角漾起了极富诱惑的微笑，“科斯塔蒂诺先生，这是我们酒店的特殊服务，专门为您这种VIP客户准备的。”

“请进吧。”欧洲人上下打量着龙心兰，犹豫片刻，终于让开了身子。龙心兰腰肢轻扭，款款踏进房间。欧洲人的视线完全集中在龙心兰的臀部，躲在门外的重甲趁机闪身而入，抬手在他后颈轻轻拍了一下。

麻醉针起效奇快，不到一秒钟，欧洲人就直挺挺地倒了下去。重甲急忙伸手扶住，把昏迷不醒的欧洲人拖进客厅，龙心兰则回身关上了房门。

卡洛斯庄园属于卡洛斯集团的总裁卡洛斯所有，维兰德科技专注于基因科学，卡洛斯集团则专注于人工智能，据说这两大科技巨头将开展一项合作项目，这次的酒会或许就与该项目有关。

经过一番调查，重甲发现某位来自南欧的公子哥也收到了卡洛斯集团的邀请，于是两人赶到对方所在的酒店，利用一根麻醉针的帮助，顺利搞到了邀请卡。酒会允许携带伴侣，重甲可以伪装成这位来自欧洲的公子哥，龙心兰则可以充当他的女伴。

重甲打开终端机，准备扫描昏迷不醒的欧洲人。龙心兰却摆手制止，从怀里取出一个亮晶晶的金属圆环递到他面前，“用这个，比你那种3D打印面罩方便多了。”

“这是什么？”重甲盯着金属环，感觉有点迷糊。

金属环是银色的，浑圆光滑，看大小刚好能戴在脖子里，很像成人动作片里经常用到的某种道具。

龙心兰把金属环从中分开，扣在了纤细的脖颈上。她的身影扭曲变形，变成了一堆杂乱的色块，几秒钟后，黑发女子的身影彻底消失，一个身材热辣的黑皮肤女人出现在重甲面前。

“这是……伪装用的？”重甲震惊地瞪大了双眼。

“这是三维动态立体投影仪①，专用于伪装渗透，能瞒过摄像头和别人的眼睛。使用它可以伪装成任何人，只有深层次生物扫描和近距离肢体接触才能发现端倪。”声音倒是没有变，还是之前的龙心兰。

黑皮肤女人取出另一枚金属环，对准瘫倒在地的公子哥，几道绿光射出，沿着对方头部上下平移。约一分钟后，扫描完成，龙心兰分开金属环，不由分说，就直接扣在了重甲脖子里。

“去洗手间照下镜子。”龙心兰上下打量着重甲，唇边带着一丝若有若无的微笑。

重甲走进洗手间，站到梳妆镜前，不觉又吃了一惊。出现在镜子里的赫然就是那位昏倒在地的欧洲人，肤色、衣着，甚至头发的色泽都完全一

---

① 三维动态投影：即全息投影，是利用干涉和衍射原理记录并再现物体真实形貌的三维成像技术。

模一样，看不出任何破绽。

全息投影技术发明于20世纪，算不上什么高新科技。但是，常见的全息投影往往使用了激光发射器，一副动态立体图像大都需要许多激光器协作完成，而且还很容易发现破绽。而这种颈环式立体投影仪投射出的图像却栩栩如生，即使面对面也看不出任何破绽。

这玩意随时可以变身为另外一个人，确实比3D打印面罩好用了许多倍。重甲返身走出洗手间，抱怨道："这么好用的东西，怎么不早拿出来？"

龙心兰抿嘴一笑，"现在拿出来也不晚。"

晚上九点，两人准时赶到了卡洛斯庄园。大门外的保安上前拦住去路，让他们出示邀请卡。

共有四名保安，表情严肃，腰间还配着电击枪，一副如临大敌的模样。重甲有点不安，龙心兰却若无其事，放落车窗把邀请卡递出去，镇定地说："这位是来自南欧的科斯塔蒂诺，我是他的女朋友。"

保安接过邀请卡，用扫描仪核对验证码，又仔细扫描了他们的车子。过了一会儿，才摆摆手，"你们可以进去了。"

车子穿过笔挺宽敞的林荫道，绕过喷水池，停在一栋哥特风格的城堡前。身穿阿玛尼西服的侍者迎上来，殷勤地替他们拉开车门。停车场内已经停满各式豪车，其中至少有十辆价值在千万信用币之上，重甲开的这辆劳斯莱斯虽然是出租车公司里最昂贵的，但仍然像一只灰扑扑的野鸽钻进了一群毛羽鲜亮的锦鸡里，显得有些寒酸。还好重甲现在的身份是来自欧洲的世家子，远离家乡，开着租来的车不算太稀奇。

钢琴声如同清冽的泉水，从城堡内流淌出来。清幽的花香充盈在鼻端，周围是修剪得整整齐齐的草坪，没有一丁点杂色，让人搞不清花香来自何处。

重甲下了车，茫然四下张望，一时有点不知所措。他是第一次踏足卡洛斯庄园，而且，从未参加过这种级别的酒会。

龙心兰走到重甲身边，悄声说："镇定，用不着紧张。"

重甲摇摇头，"紧张倒不至于，我只是担心这个立体投影仪，这玩意不会突然失效吧？"

龙心兰轻轻地笑了，"傻瓜，立体投影仪属于特工装备，坚固耐用，不会出问题的。"

重甲放下心来，挽住龙心兰的胳膊，缓步走上台阶，身穿阿玛尼西服的侍者毕恭毕敬地替他们推开了别墅大门。

大厅极为宽敞，明明宾客云集，却一点也不显得拥挤。地板光可鉴人，四壁上绘满各种植物造型的装饰图案，栩栩如生。天花板则用洁白的大理石雕刻了双翅天使，极尽奢华，但又不失庄重。与其相比，重甲那仅几十平方米的公寓只能称之为狗窝。

来宾有一二百人，三三两两地聚在一起，谈论着各自感兴趣的话题，但一时未能发现三禾美智子和马丁内斯的身影。

一名侍者迎上前来，把放着高脚酒杯的托盘奉到两人面前。重甲和龙心兰各自端起一杯酒，绕着大厅慢慢踱步。

两分钟后，两人同时停下脚步，他们发现了要找的目标。

身穿暗红晚礼服的三禾美智子站在一根廊柱边，正在和几位风姿绰约的贵妇人聊天。美智子是个很美的女人，身材娇小，皮肤白皙，双眉纤细，完全就是一位东方古典美人。可惜她表情过于僵硬，眼神高傲，透着几分冷酷，还有几分隐隐约约的狂热。

马丁内斯则没有和任何人交谈，而是独自站在餐桌边，端着一个餐盘品尝美味佳肴，一副旁若无人的模样。

龙心兰端起酒杯轻抿一口，凑到重甲耳边，低声道："我去对付马丁内斯，三禾美智子就交给你了。"

"干吗要把她交给我？"

"为什么不能交给你？"龙心兰微微挑起双眉，唇边带着一抹若有若无的笑，"你该不会有那种……倾向吧？"

黑发女子显然是在刺激他。重甲无可奈何，只得点头答应，"好吧，美智子交给我。"

重甲向来不擅长对付女人，而三禾美智子看上去更是一个很难对付的女人。幸好他只需要在美智子身边待上一分钟，仅需一分钟，智能眼镜和立体投影仪就能完成全身扫描，然后他们两个就能伪装成美智子和马丁内斯。

重甲做出一副无所事事的样子，缓步踱到三禾美智子身后，悄悄开启了立体投影。一个淡绿色的进度条立即出现在智能眼镜上，开始缓缓向前推进。

进展顺利，重甲刚刚放下心来，三禾美智子却突然转过身，若有所思地打量着他。重甲微感不安，但很快就调整了表情，向对方微笑致意："你好，初次见面。"

"哦，你好。"日裔女人略带矜持地点了点头，随口道，"我好像从来没见过你，你不是本地人吧？”

“夫人眼力真好，鄙人来自佛罗伦萨，曾诞生过无数艺术大师的历史名城。”

“哦，欧洲人。”三禾美智子脸上浮出了浅浅的笑窝，但那笑容仿佛刚刚解冻的冰水，感觉不到半分暖意，“我发觉你一直在偷听我们谈话，莫非你对这个话题很感兴趣？”

糟糕！重甲的注意力完全集中在立体投影仪上，根本没留意三禾美智子在和那几位贵妇人说些什么。

重甲犹豫片刻，微笑道：“很抱歉，我的注意力被一位高雅端庄的东方美人吸引了，完全没有留意你们在谈些什么。”

“哦，那位美人在哪里？”

“此时此刻，她就站在我面前。”

日裔女人又笑了，这次的笑容中却带着几分显而易见的嘲弄，“恭维话说得真好，你们意大利人果然都是情场高手。”

“哪里哪里，我只是实话实说而已。”进度条走到了头，扫描完成。是时候撤退了，重甲想离开，却一时想不出什么借口。前一秒还在夸赞对方貌美如花，下一秒就掉头而去，似乎太过突兀，很容易引起三禾美智子的怀疑。

正在这时，龙心兰款款走来，挽住重甲的胳膊，微笑道：“终于找到你了，跟我来，我介绍一位朋友给你。”

时机把握的真好。重甲彬彬有礼地向三禾美智子微笑致歉，“非常抱歉，请允许我离开一下。”

“请便。”日裔女人漠然颔首，对龙心兰视而不见。

走出城堡大门，重甲如释重负，长长地吐了一口气。龙心兰转过头，似笑非笑地看着重甲，“想不到你还很会调情嘛，怎么从来没跟我说过这些？那位日本女人比我美吗？”

“不要乱说。”重甲尴尬地摇了摇头，“装模作样地说那些恭维话，浑身上下都难受得要死，你再晚到一秒钟，我非露馅不可。”

龙心兰“扑哧”一笑，“那好吧，我们走。明天晚上，我们就去维兰德总部。”

第二十七章

基因强化

夜色浓重如墨，是时候出发了。

两人走进停车场，坐上车子。重甲四周审视一遍，未见异常，才开启了戴在脖颈里的立体投影仪。扇形的投影光线左右平移，几秒钟后，光芒散去，重甲则变身成了一个身宽体胖的中年黑人。

此刻，坐在驾驶位的是一位日本女人，身材娇小，表情僵硬，眼神冷漠高傲。那是龙心兰，她也开启了立体投影仪。

在监控器和安保队员眼里，他们俩就是维兰德科技研究主管三禾美智子和副主管马丁内斯，只有近距离肢体接触或者深层生物扫描才能识破他们的伪装。

两个小时后，电动轿车悄无声息地停在一扇大门前。维兰德生物科技总部，他们又来了。

一名保安走上前来，探头向车内看看，然后不声不响地退到一边，示意岗亭里的保安打开大门。电动轿车穿过大门，径直驶向维兰德总部大厦。

外围保安显然收到了通知，并未再次上前盘查。车子一路畅通无阻，驶过林荫道，在一片草坪前缓缓停下。

龙心兰打开座位中间的置物箱，取出两幅薄薄的手套举在面前看了看，然后将其中一幅递给重甲，叮嘱道：“正面才有掌纹，小心别戴反了。另外，立体投影仪不能改变声波，你记得不要说话，交给我来应付。”

“明白，我没那么蠢。”重甲接过手套仔细戴好，高分子薄膜与皮肤紧密贴合，没有半点空隙，也没有异物感。这玩意无毒无害，二十四小时后就会自行分解脱落，不会留下任何线索。

有了动态立体投影和掌纹手套，他们就能在大厦内自由活动，但底层机密实验中心除外。那里是维兰德科技的核心重地，需要验证DNA才能获准进入。据欧文所说，实验中心每晚都会有研究员留守，他们要取得研究员的血液样本，才能瞒过DNA验证仪。

龙心兰又从置物箱里拿起两把双刃短刀，将其中一把递给重甲。普通武器会被门禁扫描发现，所以他们带上了两把纳米战斗刀。这玩意极度锋利，足以与独眼杀手那把武士刀匹敌，可惜只能用于近战。重甲默默地接过短刀，插进了腰间。

口腔里有点异物感，重甲不自觉地用舌头顶了顶那颗假牙，那是龙心兰的点子，她坚持在出发前替重甲装上一颗封装着体能增强剂的假牙。龙心兰声称是在利用吞噬杆菌自毁的怪物身上得到的灵感，但重甲怀疑她早有预谋。

穿过草坪，重甲和龙心兰并肩走向维兰德科技总部大厦。

大门前的警卫迎上前来，微笑着招呼道：“两位主管大人怎么又回来了？是不是有什么要紧事？”

“这是机密。”龙心兰冷冷地瞪了警卫一眼，把右掌按在门禁边的掌纹扫描仪上。她的嗓音完全变了，与酒会中三禾美智子那尖刻的语气一模一样。

警卫倒是不以为意，笑嘻嘻地吐吐舌头，打开了身后的玻璃滑动门。正对大门那张电子屏已经踪影全无，似乎是收进了地板下面，那座双螺旋雕塑倒是耸立如旧。

大厅里共有八名警卫，肩挎短柄突击步枪，腰间还配着手枪和战斗刀，堪称全副武装。龙心兰也不和保安们打招呼，目不斜视，径直向电梯间走去。重甲也板起面孔，紧跟在龙心兰身后走进了电梯间。

资料显示，进行基因增强实验的秘密实验室就位于总部地下深处，但是安保级别非常高，所有出入人员都需要验证掌纹，开启机密资料库还需要验证DNA，稍有不慎就会触发警报。

欧文博士说得没错，他们要千万小心。

电梯门缓缓滑开，底层到了。保安室值班的警卫侧过头，漫不经心地看了看走出电梯的重甲和龙心兰，又懒洋洋地收回目光，把注意力集中到了手里的平板电脑上。

走廊低矮狭窄，下班时间早就过了，看不到人影，许多房间都黑着灯，显得有些阴森。走廊尽头是一扇合金防暴门，右侧门板上印着一个醒目的生物标识，下面还有一行小字：警告！未经授权不得入内。

根据欧文提供的信息，这里就是进行生物基因增强实验的研究中心，只有通过DNA验证才能进入这扇门。他们两个的DNA不仅无济于事，还会触发警报，好在研究中心外的值班室每晚都有研究员值守，只需要一滴血就够了。

研究中心外就是值班室，只有一名研究员，正仰靠在亚克力椅子里，脸上戴着VR眼睛，嘴角还挂着淫荡的笑，似乎在欣赏某些儿童不宜的影片。

重甲当先走进值班室，看似无意地左跨两步，用后背挡住了墙角的监控器。龙心兰则迅速走到那名研究员身边，伸出右手在他脖颈间用力一捏。研究员抽动一下，随即软绵绵地瘫倒在座椅里。龙心兰又取过一枚采血针，在不省人事的研究员脖颈后浅浅地刺了一针。

血液滴在DNA验证仪上，两秒钟后，厚重的合金防暴门无声地左右滑开。搞定，龙心兰和重甲默默交换一个眼神，先后走进了研究中心。

出乎意料的是，首先映入视线的竟然是两具黑漆漆的日本武士塑像，高约两米，一左一右立在研究中心大门后。塑像腰悬武士刀，全身上下覆满甲胄，右手按在刀柄上，似乎在警告来者不得轻举妄动。

三禾美智子是日本人，这两具武士塑像或许就是她的主意。重甲盯着塑像看了一会儿，又把目光转向研究中心内。与他的想象大相径庭，前方空旷整洁，像是一个大厅，但看不到研究器材，也没有任何用来盛放实验体的器皿，只有一座孤零零的半环形操作台耸立在不远处。

龙心兰走到操作台前，低头审视片刻，然后把右掌按了上去。伴随着轻微的嗡嗡声，不计其数的四方形玻璃柜从地面升起，不多时就布满了大厅。

玻璃柜里面，是人。

确切来说，是形态各异的“人”。有些人后背上生着类似蜻蜓的翅膀；有些人四肢末端是猫科动物的爪子；有些人全身覆盖着浓密的毛发，还拖着一条长长的尾巴；有些人脑袋完全不像人类，犬齿暴突，直接穿破了嘴唇；有些人上肢完全变异了，竟然长着如同螳螂的镰刀……

唯一的共同点是，这些人都在闭目沉睡。

玻璃柜中的这些人，还能称之为人类吗？使用自己的同族进行这种实验，什么样的疯子才能做出这种事？胸腹间阵阵翻腾，强烈的呕吐欲占据了重甲的全部神经。他连做几次深呼吸，才勉强恢复了平静。

“这些应该是失败的实验品。”龙心兰的脸色也有点发白，但仍比重甲要显得镇定一些。她取出智能眼镜戴上，继续按动按键，操作台上方弹出了一张全息屏，实验体的身份信息在其中相继浮现。每位实验体的资料都有两张比对图片，并附带了实验流程及结果。

重甲抬起左腕，想用自己的个人终端录下眼前这一幕，随后他就惊异地发现，终端机没有信号，对指令反应也慢了许多，似乎研究中心拥有很强的电磁场。重甲凑到龙心兰身边，把终端机指给她看，龙心兰微微点头，回应道：“正常，为防止泄密，这里肯定开启了电磁屏障。”

电磁屏障居然无处不在，长时间待在这里，恐怕立体投影仪也会失效。重甲低声提醒道：“咱们不能逗留太久，还是先找到小丽莎吧。”

龙心兰紧盯着全息屏，用一根手指点点自己的智能眼镜，“明白，但我要先把这些证据拷贝下来。”

全息屏上的画面不断变幻，最终，小丽莎的照片出现在屏幕上。照片下方只有极简短的一行字：1309号受试者。此外没有任何信息，或许小丽莎尚未接受基因增强。

“找出她的位置，咱们把她带出去。”重甲心中微感欢喜。龙心兰依言调出位置示意图。全息屏上显示出了大厅全图和一排排绿色的光点，只有一个光点是红色，在示意图左上方有节奏地闪烁着。最后一排，左边第三个受体储藏柜。

两人穿过一排排玻璃柜，向大厅后方走去，重甲不想去看躺在高分子玻璃后面那些“人”，但他控制不住自己的双眼。那些奇形怪状的躯体在视野中不断闪过，让他心烦意乱。

“找到了。”龙心兰停下脚步，指着前方的玻璃柜。

小丽莎穿着睡衣，闭着眼躺在地板上，胸口缓缓起伏，似乎也在沉睡。玻璃柜四面全是密封的，仅留有几个通气孔，龙心兰伸手在玻璃板上按了按，但没有反应。

“用这个试试，应该能切开。”重甲抽出腰间的纳米短刀。龙心兰急忙摇摇手，低声说：“不要乱来，会触发警报。”

“没关系，警报是不会响的，为了方便两位的行动，我特地关掉了报警系统。”冷冰冰的声音忽然在两人身后响起。

重甲大吃一惊，闪电般转过身去，举起短刀护在胸前。

一位身材高大的家伙站在不远处，身穿黑色长风衣，双手负在背后，脸上覆着头顶双角的鬼怪面具。般若面，又是那位神秘兮兮的般若面。

般若面左右两侧各有四名警卫，八支突击步枪分别对准龙心兰和重甲。八名全副武装的敌人，他们两个却只有两把短刀，敌我悬殊。重甲和龙心兰对视一眼，丢掉短刀，缓缓举起双手。

“龙心兰小姐，端木重甲先生，又见面了，欢迎，欢迎。”般若面的语气中夹杂着几分明显的讥讽，冷笑道：“两位还是去掉伪装吧，看着其他人的脸孔说话，让人感觉很不舒服。”

龙心兰看了重甲一眼，默默地摘掉投影仪，丢在地板上。重甲也摘掉投影仪，看着对方面具下的双眼，问道：“好吧，我们已经去掉了伪装，阁下是不是也该摘掉面具了？”

般若面默然片刻，缓缓举起手臂，摘掉了面具。面具下是一张娇小的脸孔，与他高大的身材极不协调。

表情僵硬，眼神高傲，透着几分冷酷，以及难以言喻的狂热。重甲认得这张脸，确切地说，从进入维兰德总部那时起，这张脸孔就一直陪在他身边。

般若面就是三禾美智子。

三禾美智子脱掉风衣，露出了一身暗红色的紧身衣。她抬手在自己胸前轻轻一按，伴随着轻微的哧哧声，她的体型也在迅速缩小，几秒后，就恢复了原本娇小玲珑的体态。

“这是一种伪装服，可以充气膨胀，改变体型，再加上那张面具，人们就会误以为我是个男人。”美智子的表情依然冷冰冰的，声音也和她的表情同样僵硬，没有半点起伏。

确实如此，重甲只知道般若面在隐瞒身份，但从未想到他竟然是一位体态娇小的女人。

龙心兰紧盯着三禾美智子，开口道：“是你雇佣马洛克绑架小丽莎，指使林曼娜杀掉马洛克，然后又利用机械蜂杀掉了林曼娜。你派出杀手，误导我们去追踪洛根，又派出了那种变异怪物，所有的事情都是你在背后策划，对不对？”

“对，你说得没错。”

“这一切都是为了什么？”

“哦，你们应该已经猜到了，告诉你们也无妨。不知疲倦、不畏痛苦、反应敏捷、力大无穷，而且无需训练就拥有出类拔萃的战斗技能，这样的战士是每个国家都梦寐以求的，拥有巨大的商业价值。”

“就因为这个？”

“对，就是这个原因，你们两个对基因增强计划有很大的威胁，所以必须铲除。”美智子上前两步，冷笑着说，“居然干掉了我派出去的猎杀者，不得不说，两位的强悍倒是有些出人意料。”

这位像冰山一样的日裔女子只是实验中心研究主管，她有派遣那种变异怪物的权限吗？重甲心生疑窦，不觉微微皱起了双眉。

“猎杀者？就是那种能够自毁的怪物吗？”龙心兰并不紧张，反而流露出了几分好奇。

“怪物？”美智子冷冷地摇了摇头，“不，他们不是怪物，他们是人，虽然外表看上去和我们有些区别，但他们的DNA序列和人类一模一样。”

“你也知道他们原本是人，是尚未成年的孩子。把天真可爱的孩子改造成这些嗜血凶残的怪物，你难道就没有一丁半点的羞愧吗？”龙心兰的声音陡然变得严厉起来，眼眸中射出了刀剑般的锋芒。

“很抱歉，龙心兰小姐，我并不为此感到羞愧。”美智子的表情依然冷漠，只是嘴角隐隐浮出了一抹略带讥讽的笑，反问道，“我为什么要感到羞愧？”

三禾美智子又走近了两步，重甲留意到她脖颈间挂着一条细细的银色项链，末端是一个同样材质的椭圆形项链坠，悬在美智子雪白的胸前微微摇晃。

“的确，你没必要感到羞愧。“龙心兰也冷冷地笑了，“连人类最基本的道德准则都可以抛弃，你根本就不明白什么叫作羞愧！”

“哈哈哈哈！”三禾美智子忽然仰天大笑起来，但那笑声生硬刺耳，听不出半分欢喜，“道德准则，依靠猎杀其他物种来维持生命的人类，居然也谈道德准则？”

依靠猎杀其他生物来维持生命，三禾美智子的话和欧文博士如出一辙。不知为何，重甲胸中浮出了几分隐隐约约的不祥。

龙心兰盯着大笑不止的日裔女人，轻蔑地说：“和你这种人没什么好谈的，你打算怎么处置我们？”

“终于谈到要点了。”三禾美智子收起笑容，眼神变得炽热亢奋，“你们都很强壮，直接杀掉有些可惜，我还没有试过在成人身上进行基因实验，你们两个人将是第一批实验体。”

四名警卫走上前来，分别抓住了龙心兰和重甲的双臂。黑发女子毫不反抗，侧过脸看着重甲，轻声问：“准备好了吗？”

重甲微微点头，用力收紧咬肌，想咬碎那颗假牙。但是，假牙纹丝不动，肌肉纤维似乎处于完全放松的状态，无法完成大脑下达的指令。重甲大感意外，转头看看，龙心兰表情呆滞，黑白分明的大眼睛也渐渐失去了神采。

“呵呵呵……”三禾美智子冷冷地笑了，脸上带着不加掩饰的嘲讽，“愚蠢，你们曾经干掉过我派出去的猎杀者，如果没有半点准备，我会贸然靠近你们吗？”

“在两位进来之后，我就向研究中心注入了一种神经麻醉气体，起效稍微有一点慢，但没有颜色，也没有异味，令人防不胜防。”

四肢酸软，身体变得异常沉重，思维也变得异常迟缓。重甲费力地转过头，发现龙心兰已经昏迷不醒。

三禾美智子又走近两步，椭圆形项链坠就在重甲面前微微摇晃。日裔女人冷冷地道：“睡吧，等你们醒过来，就将成为我的实验品。”

重甲想冲美智子脸上吐一口唾沫，但没能做到。

他昏了过去。

第二十八章

逃出生天

重甲做了一个很长很长的梦，在梦里，他又回到了从前。在大火中熊熊燃烧的楼宇；尖叫狂奔的人群；无数满含愤恨的脸孔；连续不断的枪声；遍地血泊……还有阿梅那冰冰凉凉的身体。

人们发起了声势浩大的示威游行，包围了维兰德科技的各个分部。发起者是谁不清楚，重甲只知道这是一场全球性的事件，游行在全世界各大城市同时爆发。

端粒修补技术能让人活得更长久，能让人类摆脱死神的威胁，但想要得到长久的生命，就要支付数目巨大的金钱，生活在社会底层的民众根本无福消受。

人类已经破解了长寿的秘密，可是，只有高居社会顶层的富豪们才能享受这一成果。从古至今，人们一直渴望着平等，但悲哀的是，平等并不存在。

社会阶层是存在的，无论你是否承认，它就在那里。有些人生来就高高在上，有些人努力挣扎，也只能住在肮脏的贫民窟里。科技的发展进一步加大了各阶层之间的鸿沟，公平、正义、自由，这些从来都没有实现过，也不可能实现。

社会被割裂，贫富差距日益扩大，下层贫民普遍对生活在上层的精英人士怀有与生俱来的愤怨和不满，在富人们能够享受更长久的生命之后，愤怨更是演变为了不折不扣的仇恨。

示威游行升级为暴力破坏。有人丢出了第一个燃烧瓶，然后就是第二个、第三个……全副武装的警察用橡皮弹和催泪弹予以回应，镇暴旋翼机也迅速出动，游行队伍终于溃散。

阿梅也在游行队伍里，她并没有动手，只是高呼口号。不幸的是，她被四处狂奔的人群踩在了脚下。

等重甲闻讯赶到时，阿梅那原本清澈如同山泉的大眼睛已经蒙上了一层阴霾，原本温暖的身体也变得冰冷僵硬。

很多人都在这次事件中被践踏而死。为平息事态，维兰德科技支付了巨额赔偿，然后，踩踏事件就不了了之。阿梅也死了，而重甲对此无能为力。当时的端木重甲不过是陆战队中的普通一员，微不足道的小人物，没有能力改变这一切。

“重甲，重甲。”有人在叫他的名字，但重甲不想回答，他还想再看一看阿梅的眼睛。

“重甲！”

声音变得高亢尖锐，听上去还有点熟悉……是阿梅吗？

“阿梅！”重甲大叫一声，睁开了双眼。

“你醒了！”旁边响起了一个略含惊喜的声音。

一片明亮，什么都看不清。重甲眯起双眼，等视野由朦胧变回清晰，才转头四下打量。这里像是手术室，房门紧闭，看不到警卫，美智子也不在房间里。他正躺在一张窄窄的手术台上，右手边的器械架上摆满了各种医用器械。龙心兰躺在左手边的手术台上，正关切地看着他。

美智子说过，要把他们两个当作实验品，看来并非虚言恫吓。重甲想坐起身，却没能成功，随后他就发现自己的四肢都被皮带牢牢地固定在手术台上。黑发女子的情况和他一样，也是丝毫动弹不得。

浑身上下只有一条短裤，他的随身装备全部被搜走，立体投影仪、侦察蝇、纳米短刀、智能眼镜，一样也没剩下。龙心兰比重甲稍好一点，多了一条蕾丝胸罩。

“你醒来多久了？有人进来过吗？”

“刚醒，没人进来。”黑发女子无可奈何地看着重甲，嘴角带着一抹苦笑，“非常抱歉！要不是我坚持调查，也不会有这个结果。”

“先不要急，我有办法。”重甲动动舌尖，假牙还在，警卫没有发现假牙中另有玄机。重甲稍稍放下心来，放松思维，逐寸逐寸地感知自己的身体。

不知道能不能顺利脱身，但至少不能让三禾美智子如愿以偿！重甲深深地吸了一口气，尽力耸起左肩，转过脸一口咬住自己的肩头。

“你干什么？”龙心兰目瞪口呆。

重甲摇头不答，现在他顾不上解释。皮破血流，温热的血液溢满口腔，他的牙齿终于触到了一个坚硬的异物。重甲缩回肩膀，把咬在牙齿间的东西抽出三角肌。

那是一截短短的纳米钢丝，可以开锁，也可以当作丝锯。钢丝插进肌肉，对没有接受过特殊训练的普通人而言，是一种折磨，但对重甲来说，只不过略有异物感罢了。赏金猎手是个比较特殊的职业，常常要面对各种各样的情况，即使他不去惹麻烦，麻烦也会主动找上门来。因此，重甲特地把这截钢丝埋在肩三角肌内，以备不时之需。

重甲强忍痛楚，勉力抬起头，把钢丝吐进自己的右手，然后才对龙心兰解释道："这是我用来保命的手段。"

曲起手腕用钢丝去割皮带，姿势很别扭，也使不出力气。干这活需要极大的耐心，重甲盯着房门，缓慢而吃力地摆动手腕。龙心兰帮不上忙，只能用满含希冀的眼神看着他。

皮带上的缺口逐渐变大，终于无声地断成两截。搞定！重甲迅速替自己解除束缚，翻身跳下手术台，凑过去解开了捆着龙心兰的皮带。

"你感觉怎样？还能动手吗？"

龙心兰点点头，"应该没问题，麻醉剂的药效已经消失了。"

"那就好，咱们的装备全被搜走了，看看房间里有没有能用的武器，赤手空拳可没办法杀出去。"

龙心兰替重甲简单包扎了伤口，一边活动手脚，一边在房间里东翻西找。最终她失望地摇了摇头，"没有，这里只有几样麻醉剂，没有别的。"

没有称手的武器，重甲微感失望。龙心兰在器械架上抓起两把手术刀，随手将其中一把递给重甲，"拿着，只有用这个了。"

房门没有上锁，实验室的守卫好像并未发觉实验品挣脱了束缚，对方似乎没有料到他们会这么快醒过来。

重甲轻轻拉开房门，小心地探出头左右张望。眼前是一条走廊，看不到人影，似乎也没有监控器。

龙心兰跟在重甲身后走出房门，用手肘碰了碰他，问道："我醒来的时候听到你在叫一个名字，阿梅，你的恋人吗？”

怎么忽然想起问这些？重甲默默不语。龙心兰似乎觉察到了他的情绪变化，又补充道：“抱歉，是不是想起什么伤心事了？”

“没关系，她是我的妻子，在全球大游行事件中……死去了。她的眼睛……和你很像。”重甲勉强笑了笑，但那笑容异常苦涩。

“啊……非常抱歉！”龙心兰的眼眸里浮出了浓浓的愧疚。

“不用，那次大游行有很多人被踩踏致死，我已经接受了这个事实。”

“你两次因为保护我而受伤，原来是这个原因。”

重甲没有否认，也没有承认，只是默默不语。

龙心兰用她那双黑白分明的大眼睛专注地看着重甲，轻声问：“我和你妻子的眼睛，真的很像吗？”

重甲转过脸看着黑发女子清亮如水的双眸，缓缓点了点头。

“今晚逮到这两个人是什么来头？”刚刚接近走廊拐角，一个嘶哑的声音突然从前方传来，重甲和龙心兰同时停下了脚步。

“我也不知道，问这个干吗？”

“嘿嘿，那个黑发妞儿身材真好，你想不想爽一下？”

“你可不要乱来，队长吩咐过，他们两个是重要实验体。”

“拉倒吧，别说你不想。听着，我关掉了这几个房间的监控，咱们做什么都不会有人知道。”

……

两个人，应该是警卫，而且似乎在打龙心兰的主意。难怪直到现在警报也没响，原来是这两个不怀好意的家伙关掉了监控。重甲不由自主地瞥了黑发女子一眼，龙心兰的表情依然镇定，但怒火却在眼眸深处隐隐闪烁。

重甲举起一根手指左右晃晃，示意龙心兰不要轻举妄动。龙心兰会意地点点头，然后蹑手蹑脚地蹲下身，把手术刀的刀尖探出墙角，借着刀面的反光观察对方的位置。

片刻后，龙心兰起身回头，指指重甲手中的手术刀。重甲不明白她要干什么，但还是把刀子递了过去。黑发女子双手各执一把手术刀，深深地吸了一口气，忽然纵身跃出墙角，双刀离手，化作两道寒光激射而出。

两声低哼，然后是重物倒地的闷响，龙心兰回过身来，微笑道："搞定了。"

转过拐角，两名身着作战服的守卫直挺挺地躺在一扇合金门前。两人的左眼窝里，手术刀的刀柄正闪动着幽幽的寒芒。两名守卫都携带着XM8-Ⅲ突击步枪和自动手枪，腰间还挂着战斗刀和手雷。

箭术超群，飞刀精准，这女子肯定接受过特殊训练。不过，逃命的时候不应该考虑这些。重甲毫不迟疑，跟在龙心兰身后，迅速奔过去卸下了尸体上的装备。

前方的合金门锁着，门边安装着刷卡器。重甲取下一具尸体上的身份识别卡试了试，合金门打开了。

首先映入视野的是一整排电脑屏幕，没有人影，只看到维兰德科技的标志在屏幕上缓缓旋转。房间很大，摆满了各种重甲叫不出名字的实验器材，空气里弥漫着消毒剂的气味，奇怪的是，其中还夹杂着一缕淡淡的血腥。

黑发女子指指前方的标本柜，似乎有所发现。重甲凑过去仔细看了看，标本柜里只摆放着密密麻麻的试管，上面都贴有标签，并标注着"基因样本xxx号”的字样。

重甲胸中燃起了熊熊怒火。毫无疑问，每一只试管就代表着一个实验体，试管上的每一个代号，就是一个曾经鲜活的生命。维兰德科技连他们的名字都不屑费心去记，在那些高高在上的巨头眼里，他们只不过是一串串数字，这些数字能带来巨额回报，仅此而已。

轻微的嗡嗡声持续不断，似乎某种设备正在运行。转过一排标本陈列柜，重甲看到了血腥气的源头。实验室中央排放着几张手术台，每一张手术台旁边都耸立着一台型号不明的手术机器人。

四个身穿白大褂的家伙围在居中的那张手术台周围，似乎全神贯注于某种工作，全然没有发觉重甲和黑发女子已经悄然接近，那种嗡嗡声就来自于手术台旁边的手术机器人。

或许听到了什么动静，一名白大褂慢悠悠地转过身来。看到满身血污的重甲和龙心兰，白大褂吃惊地瞪大双眼，愕然道：“你们……你们怎么进来的？”

几个白大褂同时抬起头，用看怪物一样的眼神看着重甲和黑发女子。良久，居中那名戴着金丝边眼镜、满头白发的老者皱起双眉，满含不悦地说：“怎么回事？实验品怎么会跑出来？我不是吩咐过给他们注射麻醉剂吗？”

戴眼镜的老者指手画脚地发号施令，“给他们每人打一针。”

“是是，瓦吉姆博士。”三名白大褂快步跑开，手忙脚乱地去寻找麻醉剂。

这些家伙大概在实验室里待得太久了，竟然不知道死神即将降临。看着对方白痴一般的反应，重甲有些哭笑不得。

一名白大褂找到了麻醉剂，居然当真举起注射器向他们冲过来。重甲举起XM8-Ⅲ，对准三名白大褂依次扣动扳机。三个家伙同时摔倒在地，抱着被打碎的膝盖满地乱滚，呻吟不绝。

“混蛋！”满头白发的老者勃然大怒，举起拳头就向重甲扑来，嘴里还大呼小叫，“你这混蛋！他们都是我的重要助手！你怎么可以冲他们开枪！”

这名叫作瓦吉姆的老家伙应该是个重要人物，从他颐指气使的举动就能看得出来。重甲再次扣动扳机，两发子弹穿透了瓦吉姆的膝盖，瓦吉姆惨叫一声，扑倒在地板上。

“你们可以把我们当作实验品，为什么我就不能冲你们开枪？这他妈是什么混蛋逻辑？”重甲冷冷地说，“记住，我们是人，不是小白鼠！”

“蠢货！”瓦吉姆挣扎着抬起头来，“基因增强计划是当下最重要的基因研究，能够成为研究计划的一分子，你们应该感到荣幸！”

龙心兰冷冷地说：“既然这么重要，为什么不把你自己当作实验品？”

“蠢货！白痴！”瓦吉姆两只眼镜片后喷吐着癫狂的光芒，咆哮道，“为科学奉献一切，这是天经地义的事！你们这种智商低下的蠢货是不会明白的！”

疯子！真他妈是个疯子！重甲把枪口对准瓦吉姆的脑袋，但半秒钟后，他又改变了主意。重甲收起步枪，拎起瓦吉姆，把对方摔在一张手术台上，再用束缚带牢牢固定住瓦吉姆的四肢。

“放开我！你这混蛋！放开我！”瓦吉姆拼命挣扎。重甲充耳不闻，启动手术台旁边的手术机器人，这才看着瓦吉姆的眼睛，冷笑道：“欢迎成为研究计划的一分子。”

手术机器人的六条手臂同时举起，然后落下。温热的血滴溅上了重甲的面颊，瓦吉姆的狂叫顿时变成了痛苦不堪的惨嚎。三名白大褂停止呻吟，目瞪口呆地看着这一幕，眼睛中满含恐惧。

似乎感觉到重甲已经被怒火冲昏了头脑，龙心兰及时提醒道："重甲，我们应该先问问他们都知道些什么。"

"不要紧，这边还有三个提问对象。"重甲转过身盯着三名面无人色的白大褂，沉声道，"关于基因增强计划，你们都知道什么？"

"我……不太清楚，但三禾美智子知道，她是这里的主管。"

"三禾美智子，你们应该去找三禾美智子，这次的实验就是由她负责的，她知道所有的事。我们只是技术人员，只负责处理基因样本，不清楚公司的核心计划。"

"对对对，三禾美智子，从甄选实验对象到实验流程，所有的事情都是由她亲手策划的。"

三个人争先恐后地抢着回答，看来重甲近乎疯狂的举动起到了很好的警示效果。

重甲晃晃手中的突击步枪，"三个问题，到哪里去找三禾美智子？怎么离开？怎样才能毁掉实验中心？"

"三禾美智子这时候应该待在自己的房间里，实验中心最底层。"

"总部顶层有直升机，你们可以驾驶直升机离开。"

"警卫队有军火库，军火库里应该有你们需要的东西。"

……

"好吧，我已经听够了。"重甲端起突击步枪，扣动了扳机。

第二十九章

杀出重围

刺耳的警报骤然拉响，似乎维兰德科技终于意识到小白鼠逃出了实验室。

“端木重甲，龙心兰，你们两个的顽强真是让人出乎预料，我很佩服。”三禾美智子的声音忽然在房间内响起。

“不过，请放弃无谓的抵抗，你们不可能逃出实验中心。”三禾美智子继续侃侃而谈，“放下武器，我可以保证，你们会活下去。”

重甲换上一个弹夹，再推弹上膛，冷冷地答道：“你的保证一文不值。”

龙心兰轻轻摇了摇手，示意重甲不要开口，然后提高嗓门问道：“我有些奇怪，按照当前的科技水平，使用生物打印技术就可以造出你们所需要的实验体，你为什么还要冒险绑架孩子？”

美智子笑了，“两个原因。第一，节约成本，生物打印造价太高，更为廉价的士兵才会有市场；第二，是因为基因记忆。”

基因记忆？重甲迅速在记忆中搜寻了一遍，犹豫着问：“你是说细胞记忆吗？”

“看来两位对此一无所知，好吧，那我就稍微解释一下。”

“细胞记忆这一理论早就过时了，严格来说，器官移植后呈现的细胞记忆现象也包含在基因记忆之内。如果把基因记忆比作一只肥美多汁的油桃，那么细胞记忆只不过是这只油桃最外层的表皮而已。

“很多动物生来就拥有生存技能，我们人类也不例外。比如：蜘蛛生下来就会织网，蚊子生来就会吸血，刚刚出生的婴儿无须教导就会吸吮乳汁，等等。有人把这些解释为生物天生就具有的本能，但那是错误的，这些行为是代代相传的基因记忆。换言之，我们不仅遗传了先辈的相貌体征，还遗传了先辈的生存技能。

“人类的大脑意识分为六层：第一层是主观意识。也就是最常用到的思考及自我控制的意识；第二层是表记忆层。生活中的点点滴滴大都存储在这一层面；第三层是潜意识层。不受人类自身主观意识控制的意识层面；第四层是本能意识层。诸如心跳、呼吸、消化等都属于本能意识；第五层是里记忆层。比较久远的记忆，能否找回它们要看运气。

“最重要的是第六层——深层记忆层。这一层里存储着我们先辈遗传下来的记忆，包括生存技能。当然，你们个人的战斗技能也会存储在这一层次。

“原本我打算用成人做实验，可是幼儿的可塑性更强，而且获取及转移运送都更加方便，比成年人更为合适。”

难以压抑的怒火再次腾腾升起，重甲忍不住插口道：“为了利益，你们竟然拿孩子做实验，简直就是毫无人性的恶魔！”

“恶魔？”三禾美智子哈哈大笑，但那笑声中却听不出半分喜悦，“历史上某位有名的王者曾说过这样一句话：‘杀一个人，那是凶手；杀一百个人，那是英雄。’如果参照这个标准，那么我就是伟人。

“我是在很多孩子身上进行过基因实验，但是，这是为了一个更为崇高的目标。为了实现这个目标，任何牺牲都是值得的。”

龙心兰冷冷地道：“打造出更高效的杀戮机器，这就是你所谓的崇高目标？”

“不不不，你们错了，基因强化战士只不过是整个基因实验计划中的一部分而已……”

实验室门外有动静，大队人马正在悄悄接近。看来三禾美智子并非出于好心才给他们解释什么“细胞记忆”或“基因记忆”，她只是企图用对话来转移重甲和龙心兰的注意力，然后再派出警卫把他们两个一举拿下。

重甲缓步向门口移动，同时向龙心兰连打手势，提醒对方注意。可惜黑发女子毫无反应，两只眼睛茫然看着前方，似乎陷入了沉思。

合金门悄然滑开，一枚圆盘状的东西贴着地板滑到了房间中央。

多角度弹出式震荡手雷，最合适室内偷袭的玩意。对方还企图保存实验数据，不敢贸然使用威力更大的武器放手猛攻。重甲早有准备，抬脚就把手雷踢了回去。几声惊呼在门外响起，耀眼的白光闪过，手雷爆炸了，沉雷一般的巨响透骨而入，震得人内脏发颤，浑身酸软。

门外，七八名警卫抱着脑袋在地板上翻滚呻吟。重甲毫不犹豫，端平XM8-Ⅲ，一口气把弹匣里的三十发子弹全部倾泻而出。

鲜血汩汩流淌，呻吟声停了。

警报还在响，不能继续待在实验室里，要在下一批警卫赶到之前离开。龙心兰仍在发呆，重甲冲过去用力摇动她的肩膀，高声道：“打起精神来，现在的首要目标是逃出去！”

茫然和困惑渐渐退去，龙心兰的眼睛又恢复了清澈明亮。她满含歉意地笑了笑，“抱歉，我走神了，三禾美智子的话让我想起了一些事。”

重甲想问问她想起了什么，但没有问出口。逃出去才是关键，别的事应该以后再说。

“站住，放下武器！”前方的走廊拐角处，两名警卫探出半边脸颊，冲他们厉声大喝。

龙心兰抢先举起步枪，用两发精准的点射爆掉了警卫的脑袋。几只步枪探出墙角，开始胡乱扫射。重甲单膝跪地还击，XM8-Ⅲ在手中不安分地抖动着，尽情倾泻着他的怒火。

一道道流光在走廊内纵横交错，不时有一发子弹嘶鸣着擦肩而过。龙心兰放下突击步枪，从腰间取下两枚手雷，拔掉拉环丢了出去。随着两声巨响，几名警卫在烟尘和火光中高高飞起。

配合默契。重甲和龙心兰相视一笑，大步向前走去。

面前就是电梯间，两人径直踏进电梯。龙心兰抬手指指头顶上方的应急出口，重甲会意地点点头，按下了通往底层的按键，电梯开始缓缓下降。

楼层指示灯停止了变动，底层到了。随着“叮”的一声脆响，电梯门徐徐滑开。

早已严阵以待的卫兵们纷纷端起武器，对准敞开的电梯门拼命扫射，然而电梯内空荡荡的，并没有人影。

警卫们依次停火，相顾愕然。就在这时，重甲和龙心兰从电梯上方一跃而下，两柄突击步枪同时吐出长长的火舌。几秒钟后，卫兵的尸体就横七竖八地躺满了走廊。

枪声刚刚止歇，走廊尽头处的墙壁悄然滑开，两侧暗格中分别探出两挺多管速射机枪。枪口转动，指向站在电梯前的重甲和龙心兰。

重甲认识那种机枪。那玩意有六根枪管，每分钟能射出一万发子弹，弹幕铺天盖地，足以在一瞬间将任何有生目标撕成碎片。

马达启动，枪管嗡嗡旋转，火焰喷吐，一道道流光穿过空气，坚硬的大理石地板上骤然出现了深浅不一的沟壑，碎石四处横飞。

耳孔中满是尖利的啾鸣，弹丸紧密如雨。两人无法前进，只有退回电梯间。弹雨接踵而至，合金门板在刺耳的尖啸声中迅速塌陷变形，电梯轿厢内满是大小不一的弹孔。重甲全身缩成一团，摸出一枚手雷丢进走廊，同时曲起手臂护住了眼睛。

手雷爆开，耀眼的白光在走廊中亮起，多管机枪的咆哮戛然而止。那只是一枚增幅闪光雷，没有杀伤力，其光度却足以干扰多管机枪的影像系统，让它们在两三秒内变成瞎子。

白光熄灭时，重甲已经探出身体，从容不迫地举起突击步枪，一一破坏了两挺机枪的电动马达。

走廊尽头只有一扇门，三禾美智子就在那里。重甲换上一个弹夹，踏出电梯门，高声道：“三禾美智子，我们来了，你还要继续做缩头乌龟吗？”

话音刚落，那扇门应声滑开，美智子的声音在门后悠然响起，“请进吧，不得不说，你们两位给了我太多惊喜。”

这女人依然镇定自若，似乎有恃无恐。难道她还留着足以保命的手段？重甲心生警惕，向龙心兰使了个眼神，示意她提高警觉。龙心兰游目四顾，极缓极缓地点了点头。

看不到什么异常，似乎再没有什么隐藏的机关。两人小心地穿过走廊，踏进了那扇门。

“两位不用紧张，放轻松，我没有武器。”三禾美智子从宽大的办公桌后站起身来，冷静地举起了双手。她不知何时换上了一件宽大华美的和服，显得风姿绰约，那条银色项链仍然悬挂在她胸前。

“我们的装备在哪儿？”重甲左右看看，把枪口对准了三禾美智子的脑袋。龙心兰也开口道：“带我们去研究中心。”

“你们的装备就在这里。”三禾美智子冷静地指指办公桌右侧的双人沙发，两人的个人终端机、立体投影仪、智能眼镜和纳米短刀赫然堆放在沙发上。

三禾美智子不慌不忙地绕过办公桌，“拿上吧，我现在就带你们去研究中心。”

重甲示意龙心兰看着日裔女人，回到走廊，从警卫尸体上抽出一根捆绑带，把美智子的双手牢牢捆在身后。两人穿戴好装备，重甲又走到美智子面前，警告道：“不要耍花样，不然我就一枪崩了你。”

三禾美智子一言不发，轻蔑地瞥了重甲一眼，当先走出门口。

第三十章

生死之间

走廊里很静，只能听到美智子脚下的木屐吱吱作响，到处都看不到警卫的身影，似乎他们在一瞬间全部消失了。

日裔女人走在前面，迈着小碎步，动作优雅轻盈，似乎一点也不感到紧张。倒是重甲感觉很紧张，从三禾美智子镇定自若的表现来看，她肯定还保留着反击手段，但重甲不清楚她会如何反击。

三人走到研究中心门外，美智子侧过身，有点费劲地把手掌按在DNA验证仪上，两秒钟后，厚重的合金防暴门无声地左右滑开。日裔女人抬头看着重甲和龙心兰，漠然道："请进吧。"

"不，"重甲拉住想要迈步的龙心兰，晃晃枪管，用不容置疑的口吻道，"你先请。"

三禾美智子冷哼一声，迈步走进研究中心。

似乎没有异常，重甲犹豫片刻，跟在美智子身后。刚刚跨过防暴门，耳旁风声飒然，寒气激肤，两道冷森森的刀光交错而落。原本耸立在门边那两座武士雕像竟然动了，两把武士刀一左一右，同时向重甲和龙心兰后颈斩落。

这玩意根本不是雕像，而是防御机器人，只不过之前并未启动，所以他们未能觉察。这两刀极为突兀，如同两道电光从天而降，令人防不胜防。好在重甲早有戒备，及时揽住龙心兰着地滚开。刀光擦颈而过，重甲的反应再慢上那么一点点，他们两个就会身首异处。

合金门悄然合拢，重甲端起突击步枪，射出了一连串子弹。弹丸落在甲胄上，爆出点点火光。但两名机器武士若无其事，各自上前一步，再度高高举起了武士刀。

弹丸无法穿透机器武士的防护装甲。重甲拉起龙心兰闪身退开，回头冲三禾美智子喝道："把这玩意关掉，不然我就毙了你！"

三禾美智子微微摇头，脸上挂着一丝幸灾乐祸的笑，"这是研究中心的自动防御机制，独立于安保系统之外，我无权关闭它们。"

真他妈见鬼！重甲一时没工夫分析日裔女人说的是真是假，指指美智子，对龙心兰道："你看住她，我来对付这两台机器人。"

话音未落，刀光亮起，两柄武士刀一左一右当胸刺来。重甲急忙用力推开龙心兰，再次着地翻滚，避开了那两记突刺。

"这个给你。"龙心兰拔出纳米短刀抛给重甲，高声道，"用体能增强剂。"

突击步枪无法穿透对方的机壳，只有用这一招了。重甲伸手接住短刀，用力收紧咬肌，咬碎了那颗假牙。冰冰凉凉的感觉弥散到整个口腔，封装在假牙内的体能增强药剂迅速透过口腔黏膜渗进了血液系统。似乎有一道道电流不断涌向四肢，重甲的身体不由自主地痉挛起来。

"你做了什么？"美智子的笑容迅速褪去，震惊和困惑在脸上交替闪现。

“S • E，强效体能增强剂。”龙心兰微笑着解释道，“我们用来保命的手段。”

重甲的身体停止颤抖，他拔出自己的纳米短刀，避过对方的刀锋，双臂猛然发力，左右两肘分别撞在那两台机器警卫的胸口。两名机器警卫踉跄退开，但很快又站稳了脚跟。

武士刀高高举起，刀光闪亮，缓缓劈向重甲的脖颈。在重甲眼里，机器警卫的动作变得极为迟缓，简直就像电影慢放镜头。这就是强效体能增强剂的效果，力量、感知、速度，都远远超过正常水平。

重甲的身体拖着一抹淡淡的残影，敏捷地绕着两台机器警卫转了一圈，纳米战斗刀切开甲胄，断开合金骨架，如同切开一块块黄油，几乎毫无阻碍。机器警卫呆立片刻，先后丢掉武器摔倒在地，全身上下，电火花四处喷溅。

这一切只发生在短短的两三秒内，等三禾美智子回过神来，两台机器警卫已经全部倒毙在地。

美智子默然片刻，转向龙心兰，慢吞吞地道：“你们还是放弃吧，外面还有大批警卫，他们马上就会冲进来。”

“有你当作人质，他们不敢开火。”

日裔女人又恢复了先前的冷漠，平静地说：“我只是一名无足轻重的实验主管，你们挟持我根本没用。而且安保系统一旦启动，整栋大楼就会彻底封闭，你们不可能逃出去。”

“是吗？”重甲收起战斗刀，把枪口对准了三禾美智子，冷笑道，“派遣杀手，又派遣怪物进行暗杀，还有权限关闭报警系统，作为一名实验室主管，你的权力未免也太大了点。”

龙心兰也走上前来，用手指指躺倒在地的机器警卫，“警卫机器人也是听从了你的指令才会发起突袭，所以，我们有理由相信你不只是实验室主管，你是维兰德科技董事会成员，对不对？”

“你们的推测不错。”三禾美智子沉默了几秒钟，才缓缓道，“放了我，你们可以离开，还可以带走那个小女孩，过去的事情一笔勾销，我保证维兰德科技不会再次打扰你们。”

“就这些？你的条件还真是优厚。”龙心兰嘴角浮出了一抹略带轻蔑的笑意。

“当然不是。”三禾美智子的表情依旧高傲冷漠，“你们的智能眼镜和个人终端机必须留下，而且，今晚你们看到的一切都不许透露给任何人。”

这日裔女人盛气凌人，仿佛处于下风的不是她，而是重甲和龙心兰。重甲怒火中烧，提议道：“体能增强剂效果很快就会消失，时间紧急，用她当盾牌，咱们冲出去。”

“不，我们不用冲出去。”龙心兰唇边挂着淡淡的笑，“正相反，我们要留下来。”

留下来？这话是什么意思？重甲盯着龙心兰，感觉满头雾水。

龙心兰并未做出解释，伸手扣住美智子的肩膀，推着她向操作台走去，“我要联络星安局，但电磁屏障屏蔽了对外通讯。不过，美智子肯定有权限关闭电磁屏障。”

“星球安全理事局！”重甲大为震惊，脱口道，“你是星安局的人？”

龙心兰笑了，笑容中带着几分狡猾和神秘，“等星安局行动队到来之后，我们的任务就结束了。至于我的身份，还是完成任务之后再说吧。”

“咱们的任务不是调查取证和解救小丽莎吗？”

“没错，可是我们已经暴露了，现在要执行B计划。”

B计划，是不是还有C计划和D计划？重甲看着面带微笑的同伴，默默不语。黑发女子身上蕴藏了太多秘密，多到重甲已经没有兴趣再去表示疑问或惊叹。

走到操作台前，龙心兰在全息屏上调出对外联系界面，但屏幕上弹出了红色的对话框：此操作已被禁止，需要S级授权，请验证DNA。操作台上，一个暗槽无声滑开，四四方方的DNA验证仪在其中悄然升起。

龙心兰把三禾美智子推到操作台前，指指重甲腰间的纳米战斗刀，“一滴血就够了，不需要割出太大的伤口。”

自从龙心兰说出“星安局”几个字之后，美智子就变得异常沉默，只是用冰锥般的目光狠狠地瞪着龙心兰。

这女人又在打什么主意？重甲刚刚抽出纳米刀，忽然，一股冰冷透骨的寒气自后方袭来，如针如剑，如刀如凿，他全身的毛发亦为之根根竖起。

危险就在背后！重甲当机立断，合身把龙心兰扑倒在地。凌厉至极的劲风从头顶上方掠过，几根长长的黑发在空中缓缓飘落，重甲的反应速度再慢上十分之一秒，他们两个就会被拦腰斩成两截！

一个高大的身影从空中掠过，轻盈地落在不远处，两臂末端，接近一米长的骨刃闪动着冷厉的寒光。来者缓缓起身回头，瞳仁狭长，双眼赤红如血。又是那种名为猎杀者的怪物，而且比之前遭遇到的怪物更为高大强壮。

“强化型猎杀者。”三禾美智子开口了，目光中闪动着猎物在手的亢奋，“你们两个是危险人物，不适用于做实验品，现在我决定——杀了你们。”

仿佛为了响应美智子的话，怪物仰首向天，发出了一声似人而非人的狂吼。那吼声满含杀伐和狂暴，令人心胆俱寒。

“这里交给你，我来拖住他。”重甲挺身跳起，端平突击步枪打出了几发点射。弹丸落在那怪物胸前，又鸣叫着远远弹开。猎杀者并未闪避，只是稍稍转动脖颈，牢牢地盯着重甲。

见鬼！看来这种升级版猎杀者的外骨骼也比之前的猎杀者更为坚固厚重。重甲纵身越过操作台，一边缓步后退，一边瞄准怪物的头部扣动扳机。空中满是尖利的啾鸣，弹丸四处横飞，一发也没能穿透猎杀者的生物外骨骼。

突然，猎杀者动了，眨眼间就越过七八米距离，骨刃挟着两道寒光向重甲迎头劈下。

重甲急忙丢掉突击步枪，拔出那两把纳米短刀，封住对方的骨刃。双刀和骨刃相交，爆出了星星点点的火花。

能够肢解机器警卫的纳米战刀居然无法斩断猎杀者的骨刃！重甲不觉骇然变色。那怪物曲起右臂，肘尖带着劲风直奔重甲咽喉。重甲来不及抽回短刀，只得用双臂正面挡住这一击。闷响如同雷鸣，重甲的身体腾空而起，远远地摔了出去。

速度能跟得上，力量却差了好远。体能增强剂的效果很快就会消失，必须速战速决。脑海中刚刚转过这个念头，猎杀者已再次扑到重甲面前，骨刃挟着雷霆万钧之势斜斜斩落，似乎要把他一刀劈成两半。

重甲就地一个侧滚，森森寒气擦肩而过，合金地板上赫然留下了一道深深的刀痕。重甲不敢停顿，跳起身绕着那怪物不住狂奔，双刀左起右落，每一刀都对准了猎杀者的要害。既然力量不如对方，他就要用速度来弥补。

火星四溅，纳米战刀与骨刃不住地相碰，声音如同钝刀劈骨，令人牙酸耳涨。

因为体能增强剂的原因，重甲的速度比猎杀者要快了不少。终于，有一刀突破骨刃的防守，正中猎杀者右胸的骨甲。可惜没等重甲欢呼出声，猎杀者已飞起一脚，正中重甲胸口。有如巨锤迎面猛击，重甲再次腾空而起，重重地撞在一个玻璃柜上。

口腔中腥腥甜甜，不知道是断了肋骨还是内脏破裂。这一脚力道极重，坚固的高分子玻璃板上也出现了蛛网般的裂纹。重甲滚倒在地，挣扎着想爬起来，却没能成功。

力大无穷，外骨骼又坚不可摧，怎么才能打赢这见鬼的怪物？看着猎杀者血红的双眼，重甲胸中涌起了强烈的愤怒和不甘。

“突突突……”一连串弹丸落在怪物背后，龙心兰拽着三禾美智子出现在一个玻璃柜旁，单手举着突击步枪连连扣动扳机。猎杀者微微转过身，看看重甲，再看看黑发女子，似乎有些拿不定主意先解决哪一个。

机会来了！重甲吐出胸中的浊气，纵身跳起，跃上了那怪物的后背，两柄战斗刀拖曳着两道寒光，不偏不斜地插进猎杀者的双眼。猎杀者发出一声撕心裂肺的嚎叫，扭腰摆头，想把重甲从背上甩下来。重甲紧紧攥住刀柄，拼命搅动刀刃。刀锋直没至柄，猎杀者浑身痉挛，缓缓垂下双臂，最终仰天摔倒在地。

总算干掉了！重甲浑身无力，松开刀柄，也跟着瘫倒在猎杀者身边。这一战斗的时间很短，却几乎耗尽了他的全部体力。

“重甲，重甲，你怎么样？”龙心兰拽着三禾美智子奔到重甲身边，脸上满含关切。重甲费力地抬起眼皮，慢吞吞地回应道：“没事，死不了。”

“你先休息一下，我已经联系了星安局，行动队很快就会赶来。”龙心兰眉宇间的紧张渐渐褪去，转向美智子，厉声道，“绑架幼儿，进行非法基因实验，证据确凿，你准备接受星球法庭的审判吧。”

日裔女人盯着猎杀者的尸体看了一会儿，高傲地仰起了下巴，“我不会接受审判的，我所做的一切是为了全人类的福祉，没人有资格审判我。”

话音刚落，天花板上骤然探出一排排红灯，开始疯狂闪烁。冷冰冰的电子合成女声在大厅内回荡，“警告，自毁程序启动，所有人员必须在两分钟内撤离。警告，自毁程序启动，所有人员必须在两分钟内撤离……”

怎么回事？龙心兰和重甲顿时愣住了。三禾美智子却疯狂地大笑起来，“我的大脑皮层下植入了微芯片，可以直接向中央电脑下达指令。刚刚我已经命令中央电脑启动了自毁程序，整栋建筑都会被炸毁！所有秘密都会埋在地下。你们不可能逃出去，还有两分钟，你们就等着下地狱吧！”

三禾美智子瞳孔放大，面孔扭曲，显得异常狰狞。疯子，这女人是个疯子！重甲跳起身左右张望，急切地道：“怎么办？怎么逃出去？”

初时的慌乱过后，龙心兰迅速恢复了冷静，随手把突击步枪递给重甲，“先把小丽莎救出来，研究中心有一部逃生电梯，我们乘电梯到楼顶去。”

“逃生电梯？你怎么知道？”

龙心兰急促地说：“你在通风管道里放置过一只侦察蝇，它一直在执行你下达的任务，绘出整栋大厦的立体结构图。”

原来如此，重甲几乎忘了那件事，龙心兰居然还记得。

“能行吗？”重甲半信半疑。龙心兰伸手在他背上猛推一把，催促道：“快！我自有办法！”

“警告，自毁程序启动，所有人员必须在一分三十秒内撤离。警告……”

还有一分三十秒，重甲不再犹豫，跟着龙心兰飞奔到关着小丽莎的玻璃柜前，举起突击步枪，冲着玻璃柜就扫了一梭子。弹丸连续不断的轰击下，高分子玻璃板上终于出现了一条条细微的裂痕。重甲丢掉步枪，深深地吸了一口气，力凝右肩，合身猛撞在玻璃柜上。

高分子玻璃板轰然破碎，重甲冲进玻璃柜，俯身抱起小丽莎。

“没用，根本没用，你们两个没有权限使用逃生电梯，你们逃不出去。”三禾美智子一边狂笑，一边不住摇头。

龙心兰上前接过小丽莎，示意重甲抓住美智子，冷冷地道：“我们没有权限，但你有。”

三禾美智子的狂笑戛然而止。

“警告，自毁程序启动，所有人员必须在一分钟内撤离。警告，自毁程序启动……”

还有一分钟！重甲一把提起美智子，跟在龙心兰身后向逃生电梯狂奔而去。

第三十一章

幕后黑手

烟尘滚滚，遮蔽了满天星光，维兰德科技总部所在的位置只剩下一大片碎石，曾经金碧辉煌的大楼已经消失无踪。透过直升机舷窗，依稀能看到一排排不断闪烁的灯光，无数消防车和消防直升机正在赶往事发地点。

“现在，可以吐露你的真实身份吗？”重甲收回目光，仰靠在副驾驶位上。他感觉浑身酸疼，有气无力，移动一根手指都艰难无比。那是强效体能增强剂的副作用，短暂的体能爆发过后，就是深入骨髓的倦怠，至少需要六个小时才能完全恢复。

体能增强剂失效之后，似乎连思维也迟缓了许多，刚刚那惊心动魄的一幕幕简直像在做梦，冲进逃生电梯、奔上天台、震耳欲聋的爆炸声、楼板在脚下塌陷、整栋大厦摇摇欲倒、直升机在停机坪上缓缓倾斜……

怎么乘上直升机的？对了，是龙心兰，龙心兰用个人终端侵入直升机中控系统，破解了安全模式。而且她还会驾驶直升机，就在大楼即将垮塌的那一瞬，直升机终于腾空而起。

小丽莎就躺在重甲怀里，仍在安然沉睡，苹果般的小脸上还挂着浅浅的笑窝，似乎在做一个甜美的梦，刚刚那惊天动地的爆炸声也没能把她从梦中惊醒。

可惜没能救出三禾美智子，那个疯狂的女人不愿逃生，拼命挣扎，并且在重甲手背上狠狠地咬了一口。重甲负痛缩手之际，日裔女人趁机纵身跃进了正在坍塌的电梯井。

美智子已经被埋在了上万吨的碎石之下。

机舱中暗香浮动，那是龙心兰的体香。龙心兰转过头默默地看着重甲，流光溢彩的霓虹灯在眼眸中隐隐闪烁。重甲盯着她的双眸，迟钝地道："不要再说你是私家侦探之类的话，没人会信。"

默然许久，龙心兰才轻声说："我是星球安全理事局A级秘密特工，编号9156，私家侦探只是我的掩饰身份。"

果然如此，能轻易从警局中脱身，有权调用都市监控，箭术超群，飞刀精准，一身本领更是不在重甲之下，原来她是星安局秘密特工。重甲疲倦地摆摆手，"算了，已经结束了，你是谁都无所谓。"

"不，还没有结束。"龙心兰缓缓摇头，目光中透出了几分疲倦。

"没有结束？你什么意思？"重甲愕然不解。

龙心兰没有回答，默默地伸出右手，摊开。一条银色项链静静地躺在她掌心里，这项链看上去有点眼熟，几分钟前，它还悬在三禾美智子胸前。

项链吊坠里或许隐藏着什么。重甲接过项链，有点费力地抬起手在吊坠边缘按了一下。吊坠弹开，一张全息照片投射在他面前。照片是两个人的合影，其中一个是三禾美智子，正微笑着依偎在一位秃顶中年人胸前。

秃顶中年人似曾相识，他是……一个秃顶白胡子的形象在眼前骤然闪过，重甲脑海中灵光一闪，不由自主地脱口道："欧文博士！三禾美智子和欧文博士是老相识！”

“对。”龙心兰面色忧郁，轻轻点了点头，“据我推测，美智子应该是欧文博士的情人。”

三禾美智子肯定做过端粒修补，她的相貌和照片相比几乎没有变化，欧文的相貌则变化很大，所以重甲一时没能认得出来。

重甲转向龙心兰，愕然道：“你怀疑欧文博士是基因增强计划的幕后黑手？”

“对，他出卖了我们。”龙心兰茫然地点点头，但很快又摇了摇头，“可是我想不明白……欧文博士很反对基因战士增强计划，他没有说谎，我能感觉得到，我不明白他为什么出卖我们。”

三禾美智子对他们这次潜入早有预料，显然就是欧文提前把消息透露给了日裔女人，如果不是重甲留着救命的纳米钢丝，如果不是龙心兰事先准备了体能增强剂，他们的潜入行动只能是自投罗网。

龙心兰的推测没错，正是欧文博士出卖了他们。重甲犹豫片刻，问道：“你打算怎么办？”

“再去拜访他一次。”

半个小时后，重甲和龙心兰就驱车赶到了欧文博士的家，整栋别墅黑漆漆的，没有一线亮光。

两人戴上智能眼镜，缓步走到门廊下。重甲把右手伸进腰间，悄悄握住了枪柄，他的体能还没有完全恢复，面对最终BOSS，他不敢有丝毫大意。

龙心兰按响门铃，片刻后，房门后传出了欧文博士那安详的声音，

“门没锁，两位请进吧，我已经等候多时了。”

没有看到暗藏的机关，一楼看不到人影，只有二楼卧室内有一个热源信号。重甲指指自己的智能眼镜，又指指二楼，龙心兰会意地点了点头。

龙心兰推开房门，两人先后踏进客厅，左右查看一番，无声且迅速地奔上了二楼。

透过紧闭的卧室门，能看到那个人影安然靠着床头，他半躺在床上，像是在思考人生。似乎有点不对劲，欧文就这么安安静静地等着束手就擒？他一点也不打算反抗？重甲隐隐感到了一丝不详。

正在犹豫，欧文的声音再次响起，“请进吧，我只是一个行将就木的老人而已，用不着这么紧张。”

他在监视我们。重甲心中一动，四下张望片刻，果然在廊灯内发现了一个隐藏的摄像头。

重甲拔枪在手，一把推开房门，闪身而入的同时已经举起手枪，对准了靠坐在床头的欧文。但很快他就愣住了，床上的人影只是一个惟妙惟肖的塑胶人偶，不是欧文博士。龙心兰跟着走进卧室，看到躺在床上的人偶，也不禁微微一愣。

人偶完全模仿了欧文博士的外貌，秃顶，白胡子，身上穿着睡衣，而且它的体型与正常人相同，甚至温度也和正常人的体温相差无几。隔着墙壁和门板，智能眼镜一时无法分辨。

“两位都是聪明人，我就知道你们一定会来。”人偶缓缓转动脑袋，看着重甲和龙心兰。它的双眼深处有两点隐隐约约的红光，那是微型摄像头，真正的欧文正透过摄像头看着他们。

重甲仔细端详着人偶，冷冷地道：“你出卖了我们。”

“是的，我把你们潜入维兰德总部的计划告诉了美智子。原本我打算利用那些变异美洲豹来除掉两位，可惜没能成功，只好退而求其次，让美智子来对付你们。可两位的能力实在惊人，大大超出了我的预料。”

龙心兰四周审视片刻，收起手枪，肃然道：“欧文博士，不用再躲了，乖乖出来自首吧。我们已经掌握了确凿证据，你就是基因增强计划的幕后黑手，星安局会发布全球通缉令，你无处可逃。”

“我并没有逃。”人偶咧开嘴巴，做出了一个奇怪的笑，“但是，我的研究已经到了最后关头，这项研究关系到全人类的福祉，所以我不能自首。”

“全人类的福祉？”龙心兰皱起双眉，似乎若有所思。

“去你妈的！用小孩子来做实验，还敢说是为了全人类？”重甲举起手枪，扣动了扳机。

“不要！”龙心兰脸色微变，想要制止重甲。可惜已经晚了，枪声震响，7.62mm弹丸穿出枪口，人偶的脑袋顿时四分五裂。

奇怪的是，塑胶人偶并未倒下，它的胸腔深处仍在发出断断续续的笑声，同时，淡淡的绿雾从它脖颈的断口中涌出，迅速向四周扩散。

吞噬杆菌！重甲大为懊恼，急忙拉起龙心兰冲出卧室。回头看看，卧室内绿雾弥漫，已经扩散到房门处。两人不敢停留，一口气奔出了欧文博士的别墅。

“见鬼！真他妈见鬼！这老家伙怎么知道咱们会来？”奔上人行道，重甲才停下脚步，喃喃咒骂。

“维兰德总部爆炸，这可是头条要闻，恐怕地球人都会知道。”龙心兰摇着头微笑道，“不过，不用着急，我知道他去了哪里。”

“你找到线索了？”重甲有些诧异。龙心兰取下自己的智能眼镜晃了晃，解释道：“在研究中心下载资料时，我发现维兰德科技在北极有一个秘密实验基地，所以我推测欧文应该去了那个秘密基地。”

“又是秘密基地？”重甲有点不以为然，在非洲的遭遇他还没有遗忘。

“我们已经拿到了维兰德科技进行非法人体实验的证据，星安局会通缉欧文，他很难找到藏身之处。而且，刚刚欧文提到他的研究还没有完成，他肯定躲在那个基地里。”

第三十二章

极地之战

后方是暗夜，前方则是晴空，透过舷窗，能看到一架形如蝙蝠的银色战斗机在不远处的云层中时隐时现。那是护航的银鹰战机，共有两架，它们的任务是保护行动队安全抵达维兰德科技的秘密基地。

重甲靠在座椅里，无聊地打量着略显昏暗的机舱。这种运输机叫作“高空铺路者”，可以躲避雷达侦测，听名字好像和MH系列直升机有点关联，但重甲不明白铺路者和飞行有什么关系。

机舱中除了重甲和龙心兰两个人外，还有三名星安局行动组干员，以及三十六名全副武装的美国大兵。领队军官是一名高大健壮的黑人少校，重甲一时没能记住他的名字。星球安全理事局已经授权龙心兰全权指挥此次行动，并派出了特种部队予以支援。不过，大部分队员脸上都带着些许茫然，他们被紧急调来，还不清楚任务内容。

该实验基地或许有大批猎杀者守卫，为保证一举成功，行动队配备了最先进最具威力的武器装备，包括全封闭作战服、战术辅助无人机、探路机器人、XOS外骨骼装甲、袖珍温压弹等。如有必要，龙心兰甚至能调用战术军事卫星进行轨道打击。

龙心兰和重甲也穿上了作战服，龙心兰照例只带着一把小手枪，与之前不同的是，弹夹里装满5.56mm穿甲高爆弹，威力十足。重甲除去随身那把LAR灰熊手枪外，又挑选了一柄双枪管XM8-Ⅲ突击步枪，5.56mm步枪弹虽然不容易穿透猎杀者的外骨骼，但弹鼓有整整一百发的弹容量，火力持续性强，下方的副枪管还能发射十发20mm高爆穿甲弹，足以把那些变异怪物撕成碎片。

大兵们似乎也觉得有些无聊，有人闭目养神，有人窃窃私语，还有人在互相开着无伤大雅的玩笑。重甲懒得和他人交谈，就一遍遍地检查自己的装备，这将是最后一战，不能有任何差错。

龙心兰低头看看时间，起身走到机舱正中，取出一个小型投影仪安放在地板上。几束深红色的光芒投向空中，不多时就在众人面前勾勒出了一副立体全息图。

“各位，这是一次特别行动，由我负责指挥。”龙心兰的目光在大兵们脸上缓缓扫过，又回身指指全息图，道，“本次行动的目标，是维兰德科技的一处秘密实验基地。我们的任务就是彻底摧毁该基地，并抓获基地负责人——欧文博士。”

大兵们不再交谈，专注地看着龙心兰，凝神倾听。

“维兰德科技秘密进行了多次非法基因研究，他们造出了一种可怕的怪物——猎杀者。”随着龙心兰的讲解，投影仪又投射出一副猎杀者的全身影像，在空中缓缓旋转。

“这种怪物生性凶残，速度快，力大无穷，而且它们极其强悍，其体表生物外骨骼甚至能够抵抗突击步枪的正面扫射。猎杀者极度危险，一旦遭遇，即格杀勿论，千万不要手下留情。”大兵们都被龙心兰的讲解吸引了，全神贯注地看着全息图，并发出低低的惊叹声。

半晌，一名大兵举起手来，高声道："我有个疑问，这种猎杀者，他们是怎么造出来的？"

龙心兰犹豫片刻，摇头道："你最好还是不要知道。"

高空铺路者速度很快，仅仅两个多小时，他们就从美洲西海岸飞临了北冰洋上空。

运输机降低速度，开始缓缓下降，目的地就要到了。重甲转身向舷窗外望去，云层下冰原茫茫，一时看不清基地的位置。

十余分钟后，运输机降落在冰原上，舱门缓缓打开，呼啸的寒风裹挟着细碎的雪粒扑面而来。

"准备行动！"黑人少校大吼一声，特战队员立即挺身而起，合拢面罩，列队奔出机舱。舱外的气温至少有零下三十度，重甲戴好作战头盔，合上高分子面罩，才起身跟在大家身后。

放目四方，他们立足之处是一座巨大无比的冰山，白雪皑皑，冰盖茫茫，几乎望不到尽头。

龙心兰走出舱外，低头看看自己的终端机，抬手向前一指，道："就是这个方向，不足两公里。"

黑人少校举起望远镜，向着龙心兰所指的方向眺望片刻，然后挥了挥手，简洁地道："放出探路机器人，无人机随时待命。"

三台怪模怪样的探路机器人驶出机舱，排成三角阵型，向前方驶去。这种机器人外观和人类毫无共同之处，底盘宽阔，装着两条可变形履带，可以适应各种复杂地形，上身略称长方形，安装着轻机枪、望远镜、发烟器、榴弹发射器和探知器等乱七八糟的装备。它们的主要作用不是作战，而是探测前方有无潜藏的威胁，并把消息及时回馈给行动队。

探路机器人渐渐驶远，美国大兵们左右散开，排成松散的战斗队形，开始向前方推进。他们的作战服自动切换为灰白色，如果在雪地里矗立不动，看上去就像是一根根人形雪柱。

重甲低头看看，发现自己的作战服也变成了灰白色。他们穿着的是最新型的三防作战服，可以屏蔽体表散发的热量，还能变换颜色，以适应多种环境，此外还可以抵抗常规步枪子弹的正面射击。当然，这玩意是否能抗得住猎杀者的骨刃还不得而知。

大家都保持着沉默，只能听到呼啸的风声和队友们或轻或重的呼吸。队伍刚推进不到二百米，代表危险的红灯突然在高分子面罩上亮起，探路机器人发现了敌人。

百十米外的雪野翻滚涌动，几名猎杀者破冰而出，亮出骨刃，径直扑向那三台探路机器人。骨刃破开合金机壳，声音尖利，令人牙酸耳涨。电火花四处喷溅，三台机器人一枪未发，就已经被肢解成了无数碎块。

“准备迎敌。”黑人少校话音刚落，前方荡起道道雪尘，猎杀者已经掉头向行动队冲来，动作快如闪电。

枪声响起，训练有素的美国大兵们立即单膝跪倒，开枪扫射。弹丸紧密如雨，在猎杀者的外骨骼上爆出了点点火花。但猎杀者只是稍作停顿，就立即再次扑来。步枪子弹无法对它们造成有效杀伤。

重甲举起步枪对准一名猎杀者，压下了扳机。20mm高爆穿甲弹以将近每秒钟两千米的速度射出枪管，在空气中留下了一道清晰可见的波纹。

那名猎杀者的前胸被钻出一个圆圆的洞口，之后轰然一声巨响，血肉横飞，延迟引爆的高能炸药几乎将它的上半身扯成了碎片。

果然不出预料，高爆穿甲弹足以干掉这些变异怪物。重甲精神大振，掉转枪口，一枪轰掉了另一名猎杀者的脑袋。美国大兵们看在眼里，不等少校吩咐，立即切换为枪榴弹模式，身穿外骨骼装甲的队员也亮出多管机枪和火箭弹发射器。道道流光和火箭弹的尾焰纵横穿梭，在视野中交织出了一张绚烂夺目的光网。

枪声震耳，爆炸声此起彼伏，猎杀者的残躯在火光中高高飞起。生物外骨骼终究挡不住火箭弹和高爆穿甲弹的连续轰击，不过十几秒钟，来袭的猎杀者已全部倒毙。

大家刚刚停火，龙心兰突然发出一声惊呼，“小心，左右两侧都有敌人！”

高分子面罩上亮起了密密麻麻的红点，那是足足几十名猎杀者，距离行动队不过区区十余米。这些猎杀者也穿着防护服，而且它们的防护服能躲避电磁侦测，潜伏在两侧悄然逼近。前方的猎杀者只不过是诱饵，用来吸引行动队员的火力。

猎杀者竟然懂得战术配合，真他妈见鬼！重甲刚刚转过身，眼前雪尘弥漫，一道寒光在雪尘中迎面斩来。重甲缩身避过，掉转枪口扣动扳机，将一发20mm弹丸送进了那名猎杀者的胸腔。旁边的两名美国大兵反应稍稍慢了一瞬，一名大兵被骨刃齐胸砍成两截，另一名大兵则被猎杀者一口咬中了脖颈。

鲜血迸流，眨眼间，两名队员就已经尸横就地。耳边满是瘆人的咆哮和濒死的惨呼，猎杀者已经冲进了行动队的防御阵型。

一溜血滴溅上了重甲的面罩，但他不知道是谁受了伤。战斗异常激烈，这些猎杀者如同一道道色彩难辨的流光，稍一疏忽，就会有一柄骨刃劈面而至，他根本无暇分神。

美国大兵接连倒下，骨刃的寒光每一次在空中闪过，都会有一名队员扑倒在雪地里。在猎杀者无坚不摧的骨刃面前，能抵御步枪子弹的新型作战服竟然如同一张薄纸，起不到任何防护作用。

好在行动队早有准备，八名身穿XOS外骨骼装甲的队员挺身而出，用厚厚的装甲来抵挡猎杀者的骨刃。余下的队员则躲在他们身后，乘机用穿甲弹逐一肃清来敌。

激战正酣，远处的雪地上再度腾起了一大片雪雾，冰层开裂，一个个黑点在雪雾中忽隐忽现。又有数十名猎杀者破冰而出，其中还夹杂着几个块头更大的强化型猎杀者，更远处，几台双联座防卫炮塔从冰层中升起，将多管机炮同时指向这支队伍。

欧文博士似乎打算将行动队一举全歼。

危急时刻，两架银鹰战机从天空中俯冲而下，30mm机炮射出的弹丸犹如一张光幕，从猎杀者队伍中拦腰扫过。猎杀者原本整齐的队形顿时变得七零八落，几台炮塔也被炸成了一堆堆七扭八歪的废铁。

原本宁静的雪野完全变了模样，弹痕密布，烟雾蒸腾。这场战斗仅仅持续了不到十分钟，来袭的猎杀者全军尽没，变成了一具具残缺不全的尸骸。行动队也损失惨重，十八名队员阵亡，另有两人身负重伤，已经彻底丧失战斗力。

威胁清除，龙心兰留下几名队员帮助受伤的队友返回运输机处理伤口，然后整理装备继续前进。

之后再也没有遭遇敌人，行动队顺利抵达基地入口，一个圆盘状的升降平台，方圆数十米。平台上并没有积雪，显然经常使用。黑人少校让三名队员在此负责警戒，余者全部登上了升降平台。

平台缓缓下降，四周渐趋昏暗。他们已经位于海平面之下，升降台犹未停止，维兰德科技似乎挖空了整座冰山。

将近十分钟后，平台微微震动，终于静止了下来。队员们举枪警戒，但眼前是一个空荡荡的大厅，只有几根直达穹顶的立柱，却看不到任何敌人。

“无人机准备。”黑人少校再次下令，身穿外骨骼装甲的队员们上前一步，各自启动了背后的战术辅助无人机。

八架三角形的小无人机腾空而起，其中六架先后向远处飞去，另两架却悬在众人头顶上方，盘旋警戒。这种无人机体积过小，携弹量有限，战斗过于激烈的话很快就会耗尽弹药，主要还是用于侦察。

第一层，第二层，第三层……没有敌人，没有防御武器，也没有暗藏的机关陷阱。实验基地规模很大，上下足有数十层，六架无人机用了将近一小时也没能绘出整座基地的立体结构图。监控画面回馈到了每位队员的战术头盔内，奇怪的是，到处都看不到人影，很多设备上都蒙着一层淡淡的灰尘，整个基地似乎已经被废弃了。

猎杀者不可能守护一座被废弃的基地。重甲不敢掉以轻心，紧跟在龙心兰身后，满含警惕地扫视着四周。

又经过一个大厅时，一排排高达数十米的导弹发射架赫然出现在众人面前，粗大的弹体上也蒙着一层灰尘，似乎搁置已久。

一名大兵举起便携探知器对准导弹发射架，片刻后，他又摇着头道：“奇怪，这些导弹没有安装弹头，它们没有杀伤力。”

“嘀嘀嘀，嘀嘀嘀……”低低的报警声在耳边响起，有一架无人机发现了生物信号。重甲看看高分子面罩内侧的显示屏，小无人机处于某条通道尽头，悬停在一扇圆形合金门前方，看来信号源头就在那扇门后面。

少校派出几名队员安放温压弹，自己则带着余下的两名队员陪同龙心兰等人向那条通道走去。

沿着通道走出不远，一种奇怪的嗡嗡声忽然响起，众人下意识地停下了脚步。

前方，一团银色的云雾遮盖了整个通道。云雾翻滚涌动，沿着通道迅速向前弥漫，嗡嗡声连续不断，不停地冲击着人们的耳膜。

电子蜂!

“开火！”黑人少校一声令下，端起步枪扣动了扳机。各种轻重武器同时发出震耳的咆哮，云团中溅起道道火花，点点银星随着枪火四散飘落，但云团的来势却丝毫不缓。

重甲心中凛然，高声道：“这是机械蜂，用电磁脉冲干掉它们!”

身着XOS外骨骼装甲的队员大步上前，背后的榴弹发射器沿着导轨滑上肩头。随着一声闷响，发射器微微震动，一枚榴弹射进了那团云雾之中。

“咣！”电磁脉冲榴弹的爆炸声被隧道壁阻挡，变得悠长而沉闷。朦朦胧胧的波光四面八方呼啸而出，银色云团稍稍停顿片刻，然后纷纷飘落。云雾消散，嗡嗡声戛然而止，通道内的地面上覆盖着整整一层银光闪闪的小机械蜂，如同下了一场雪。

众人又静静地等待片刻，但再也没有别的敌人出现，对方似乎放弃了进攻。

第三十三章

真相大白

合金门悄然滑开，出乎意料的是，门后只是一间小小的日式客厅，并没有猎杀者在等待他们。欧文博士身穿和服，静静地坐在榻榻米上，向重甲和龙心兰微笑点头。他面前摆放着茶几和茶具，一杯清茶犹在冒着淡淡的水汽。

客厅四壁用电子投影投射出了一片竹林，青翠苍郁。林间弥漫着薄薄的雾气，不时有几只不知名的鸟雀在青青翠竹间振翅飞过。清风徐来，竹叶沙沙有声，乍一看去，整间客厅就像四面皆空的亭子。

仿佛中，重甲产生了一种错觉，他们并非置身于维兰德科技的秘密实验基地，而是来到了某位世外高人的清修之所，刚刚那场激烈残酷的厮杀，不过是一场幻梦。

这老家伙一点也不紧张，也没有流露出震惊或恐惧。他又在玩什么花样？重甲心生疑窦，一时不敢迈步。

“两位请进吧，我没有武器，这个房间里也没有埋伏。”欧文博士的微笑渐渐变成了苦笑，“我已经用尽了防御手段，却仍然不能阻止你们，或许，这就是命运吧。”

重甲冷冷地摇了摇头，“不，天作孽，犹可违；自作孽，不可活。你这是自作自受。”

“是吗？”欧文博士脸上浮出了些许嘲讽，“或许，自作自受的不是我，而是全部地球人类。”

自作自受的是人类？这话是什么意思？重甲微感迷惑。

欧文扬起下巴，神色间带着几分傲然，“人类有一个最危险的特性：从来不会从历史中吸取任何教训。从古至今，人类的贪婪从未改变，归根到底，就是人类的生物属性决定了这一切。”

重甲皱起眉头，怒道：“这他妈和你的基因实验有什么关系？”

“大有关系。”欧文博士微笑道，“请进吧，我慢慢讲给你们听。”

龙心兰示意队员和同事留在门外，收起武器，独自踏进那间小客厅。重甲放心不下，犹豫片刻，也跟在了龙心兰身后。

两人在榻榻米上盘膝而坐，龙心兰取出那条项链，轻轻推到欧文面前。欧文拿起项链，久久地审视着，默默不语。

“博士，告诉我，这是为什么？”良久，龙心兰终于打破了沉默。

欧文合拢手指，把项链攥在掌心里，反问道：“美智子已经不在了？”

龙心兰点了点头，“是的，她启动自毁程序，炸掉了维兰德总部大楼，我们没能救出她。”

“美智子是个高傲刚烈的女子，这种死法很适合她。”若有若无的伤感在欧文脸上闪过，他的语气也低沉了许多，变得苍凉而萧索。

“美智子比我小一些，我们相识那一年，她刚满二十岁。当时在早稻田大学，她就站在校门外那株樱花树下，细雨蒙蒙，粉色的樱花在雨丝中一瓣一瓣地飘落……”

“够了！”重甲断喝一声，打断了欧文的追忆，“我们不是来听你回忆初恋往事的。你曾告诉龙心兰，科学研究的目的是为了全人类的福祉，用小孩子来做基因实验，把他们改造成半人半兽的怪物，这就是为了全人类的福祉吗？”

“怪物？不，他们不是怪物。”欧文淡淡一笑，“准确来说，他们是正在加速进化的人类。”

加速进化的……人类？重甲不明所以，下意识地瞥了一眼龙心兰，却发现她同样满脸困惑。

“在解释我的动机之前，请先允许我给你们讲一个小故事，真实的故事。”欧文稍稍抬起头，目光略显空濛，似乎想起了很久很久之前的往事。

“二十世纪，英国有位著名的慈善家，叫作奥莉芙。她是一位善良的老人，毕生都致力于慈善事业，明明手头并不宽裕，还是坚持给二十多个慈善机构捐款。奥莉芙相信，自己的善举会帮助那些陷于困境的人们渡过难关。

“但是，由于善名在外，奥莉芙每个月都会接到二百封以上的信件和无数电话，要求她捐款。可怜的老人已经一贫如洗，无力再帮助他人，可有些人仍然不肯放过她，责怪她付出的太少，甚至对她加以谩骂。

“无私的善举却得到这样的回报，老人不堪忍受，在她92岁那年，选择了投河自杀。

“这位可敬又可怜的老人，是我的祖母。”

中国有句古老的格言：升米恩，斗米仇。如果你在别人陷入危难的时候，给予适当的帮助，他会永远感激你；然而，如果你给他的恩惠远远超过了困境的限制，他就会对困境麻木，甚至放弃努力；当你不再施舍的时候，他就会对你反目成仇。

毫无疑问，奥莉芙是个善良的老人，她的遭遇值得同情。不过，这个故事和基因增强计划又有什么关系？欧文干吗要讲这个？重甲感觉有些莫名其妙。

“回报善意的并非祝福和感恩，而是人性中最丑恶的贪婪。”欧文端起面前的茶杯呷了一口，又缓缓道，“有人用心理学和经济学中的概念来解释这种恩将仇报的行为：失败者的愤怒[①]和边际效应[②]。但我并不苟同，我认为，真正的原因还是来自人类的本性，而人类的本性，就是贪婪。”

“从社会顶层到社会底层，贪婪无处不在。

“所谓食色性也。食，指的就是食物，人类需要食物才能生存；色，则指的是两性，也就是繁衍。人们需要食物来维持生存，需要异性来繁衍后代，生存和繁衍，就是人类的与生俱来的生物属性。”

“我说过，我是一名生物学家，喜欢站在生物学的角度看问题。人

① 失败者的愤怒：是源于人们对自己失败的境遇感受到的自卑与恐慌，但由于人总是能够无条件的原谅自己，因此这种对自身境遇的自卑与恐慌，在自我心理的调节下，从一开始就跳出了自我检讨，而转嫁到他人。

② 边际效应：人们向往某事物时，情绪投入越多，第一次接触到此事物时情感体验也越为强烈，但是再次接触时会变得较为淡漠。以此发展，接触该事物的次数越多，人们的情感体验也越为淡漠，一步步趋向乏味。这种效应，在经济学中称为“边际效益递减率”，在社会学中则叫作“剥夺与满足命题”。

类只能依赖食用其他生物来维持生命，正是这种生物属性造就了人类贪婪的本质。越来越发达的科学技术无法改变人类的本性，只能滋生更多的欲望。也许你们早就意识到了，随着科技的发展，人类的需求也越来越高，越来越难以满足。

“但是，假如我们更改人类的生物属性呢？如果人类不再依靠其他生物来获取营养，不再需要其他生物来维持生命，而是像植物一样直接获取太阳能，人类还会这么贪婪吗？

“最初的超级战士计划确实是为了制造杀戮机器，但在美智子接手之后，这一目标已经变了。当然，为了瞒过董事会，表面上我们还在进行基因增强研究，并且成功制造出了猎杀者。而实际上，我们是为了改变人类的生物属性。”

重甲和龙心兰相顾无语，欧文博士这一番言论完全超出了他们的预料。

“早在早稻田就读时，我就提出过一个大胆的设想——向人类身上移入植物基因。”欧文端起茶杯呷了一口，抬头看着两人的反应，微笑道，“在你们眼里，我和美智子都是疯子，对不对？这不奇怪，当年我提出这个设想时，所有人都认为我疯了，只有美智子例外，她极力赞同我的想法。

“后来，在维兰德推出超级战士计划时，我意识到——机会来了。有了维兰德生物科技的技术和财力，我们能够完成毕生夙愿！维兰德董事会那帮老滑头也不简单，他们知道我曾提出过一个疯狂的设想，担心我会影响到他们的计划，于是就把我从首席研究员的位置一脚踢开。好在他们不清楚我和美智子的关系，美智子加入了维兰德，她是三禾财团的继承人，拥有雄厚的财力，顺利地成为董事会成员。

“从此，我们就开始了将植物基因转移到人类体内的研究。由于研究工作只能秘密进行，因此进展缓慢，但我和美智子都坚信——我们能取得成功。

“许多人都认为只有植物才能直接获取太阳能，但是，事实并非如此。原生动物中的绿眼虫就能进行光合作用，只要有光线照耀，它们就能活下去。

“植物基因在动物细胞里本不应该产生作用，但这一情况确实存在。比如绿叶海蜗牛，一种腹足纲海蜗牛科的动物。它们能将藻类的基因整合到自己的染色体内，从而获得光合作用的能力。这种现象叫作基因劫持。

“人类是远比绿眼虫和绿叶海蜗牛更为复杂的高等动物，如何让人类像植物那样进行光合作用，这是一个难题。我们失败了无数次，却始终找不到合适的方法。后来的一次实验中，我们无意中得到了一种基因病毒，相信你们知道这个，美智子就是利用这种病毒杀死了马洛克和林曼娜。

“这种病毒具有很强的拟形能力，不仅能感染动物，还能够感染植物，美中不足的是，它会杀死宿主，而且一旦暴露在自然环境中，很快就会失去活力。

“我意识到，这种病毒就是我们取得成功的关键，它会成为融合人类和植物基因的媒介。我们反复实验，终于培育出了一种亚种，能够在自然环境中存活，而且不会再杀死宿主。

“下一步，就是利用这种亚病毒进行基因劫持实验。我们的目标就是把植物基因整合到人类的染色体中，并传递给我们的下一代，只需出现一例成功的基因转移，人类就能够完成这次进化。

“你们一定看到了那些导弹发射架，实验一旦成功，我们就会给导弹装上携带变异基因病毒的弹头，弹头会在大气层内引爆，基因病毒将随风飘散，覆盖整个世界。过不了多久，所有人类都将感染变异基因病毒。当然，病毒不会杀死任何人，它们会帮助人类进化为另一种生命体。

“科学研究是为了全人类的福祉，我和美智子并未违背这一初衷。”欧文看看重甲，又看看龙心兰，脸上缓缓浮出了一抹极其复杂的笑，“如果我们的计划取得成功，人类将进化为可以直接吸收光能的全新物种。可惜，由于你们两个的不懈努力，我们失败了。”

一片寂静，欧文博士停止了讲述，安详地看着龙心兰。

天才和疯子也许只有一线之隔。重甲怔怔地看着欧文淡定自若的脸孔，一时竟然忘记了自己的目的。

良久，龙心兰才站起身来，“博士，请跟我们走吧。我不知道你的计划是对是错，但你们把小孩子用于基因实验，已经严重违反了联盟律法，我相信星球法庭会给予你公正的审判。”

“我没打算接受审判。”欧文端坐不动，脸上的笑容渐渐褪去，“我做的事情是对的，没有人有资格审判我。”

某种无形的气场从欧文博士身上散发出来，他的目光不再澄净平和，反而变得高傲冷漠。仿佛中，重甲产生了一种错觉，似乎坐在对面的不再是年近八十的欧文博士，而是那位疯狂的日裔女人。

这种感觉仅仅持续了几秒钟。轻微的嘶嘶声在欧文博士口腔深处响起，他的面颊迅速向内塌陷下去，变成了一团奇形怪状的东西。

淡淡的绿雾从欧文已经完全变形的嘴巴和鼻孔中不断涌出，房门外的大兵目瞪口呆。又是吞噬杆菌！重甲急忙跳起身扯住龙心兰的胳膊，厉声道："快走！"

龙心兰呆立不动，似乎突然变成了一座塑像。欧文选择了自杀，但他们不能留下来做陪葬。重甲不由分说，拽着她就向房门奔去。

运输机腾空而起，直升蓝天。

沉雷一般的巨响隔空传来，仿佛创世之神燃起了熊熊怒火。重甲回头望去，海水翻涌，冰山动摇，无形的冲击波沿着冰层飞快扩散，冰面上沟壑纵横，绽开了无数道裂纹。黑烟裹挟着火光和冰块直升天空，不规则的云团迅速膨胀，半个冰山都笼罩在了滚滚烟云之中。无数巨大的冰块从烟云中向四面八方飞出，带着沉重的呼啸坠向海面。

冰山解体了，维兰德科技的秘密基地，还有欧文博士的疯狂计划，已经统统湮没在万顷碧波之下。

终 章

龙心兰独自坐在电动轿车里，茫然望着车窗外的滚滚人流，微凉的风吹乱了她的长发，却吹不散她心头浓浓的阴霾。

除了欧文和三禾美智子，维兰德生物科技董事会成员已全部落网，非法基因实验罪名成立，最终裁决将在下个月公之于众。

但是，欧文博士全错了吗？她不知道。

几个孩子尖叫着从车窗外奔过，居中那个头发乱蓬蓬的小男孩冲龙心兰甜甜一笑，随手把两张纸片贴在了车窗上。那是电子宣传单，其中一张只有两句话在反复闪动：星际移民劳民伤财，我们要坚决抵制！另外一张同样是两句话，但内容却截然相反：地球是人类文明的摇篮，但是人类不能永远生活在摇篮里。

一个高大的身影走近电动轿车，遮挡了龙心兰的视线，正是端木重甲。他仍然是那副胡子拉碴的邋遢模样，只是眼神和以前不太一样，少了几分愤世嫉俗，多了几分宁静平和。

龙心兰收起思绪，打开了车门。重甲照例坐在副驾驶位，侧过身关切地看着她，问道：“你怎么了？有心思？”

龙心兰摇摇头，启动车子，答非所问地道："陪我去兜兜风吧。"

"好，想去哪儿？"

"不知道，随便逛逛就好。"

电动车穿过人群，驶上了立交桥，龙心兰并未设置目的地，任凭车载AI自动驾驶。重甲似乎很理解龙心兰此刻的心情，默默地坐着，一言不发。

两张电子宣传单仍然粘在车窗上，龙心兰想揭下来，但又懒得动手，只是怔怔地看着它们随风轻颤。

宣传语不住地闪动：星际移民劳民伤财，我们要坚决抵制；地球是人类文明的摇篮，但是人类不能永远生活在摇篮里。

目前来说，星际移民计划看不到任何回报，"劳民伤财"四个字似乎并不为过。但是，人类已经向地球索取了太多太多，攫取石油、砍伐森林、破坏环境、灭绝生物，人类就像骄纵无度的孩子，肆意挥霍着大自然的恩赐。

科技飞速发展，工业和农业产能远高于以往任何时代，足以保证人类的生活需求。不过，欧文博士说得没错，地球的承载力是有限的，而人类的欲望永无止境。这种情况又能持续多久呢？

如果说宇宙是浩瀚无边的海洋，那么地球就是汪洋大海中的一个小岛，人类无数次望洋兴叹，但最远也只不过是绕着小岛游了个泳，然后就回到岛上，哆嗦着说：那海太深。

星系浩渺，玉宇苍茫，人类文明兴起于地球，却不能终老于地球。

也许，我们在摇篮里待得太久了。龙心兰默默地想。

微风拂面而来，清清凉凉，还带着一股咸咸的味道。龙心兰回过神，才发现车子已经停在了一片洁白的沙滩前，远方是无边无际的大海。一轮红日低低地悬在海平线上方，海面上波浪翻涌，闪耀着点点金光。

真美！可惜那只不过是某个旅游公司的立体投影广告牌，咸咸的海风只不过是电子喷雾。无论去哪个海滩都看不到这么美的景色，只能看到数不清的游人。

重甲看着龙心兰，终于打破沉默，问道："小丽莎怎么样了？"

"她很好，接受了全面体检，已经回到了父母身边。"龙心兰取出一叠信用币递过去，"诺，尾款。"

"任务总算结束了。"重甲接过信用币，随手塞进口袋，侧过身专注地看着龙心兰，"不过，有一点我不太明白，你身为星安局特工，为什么不直接申请支援，反而要找我帮忙？"

龙心兰浅浅地笑了，"维兰德科技背景深厚，与各国政府都有联系，没有确凿证据就贸然闯进去，其结果只能是打草惊蛇。再说，你是一位与众不同的赏金猎手。"

"我只是一个为了生活四处奔忙的普通人而已。"重甲摇摇头，放落车窗，揭下那两张宣传单，拿在手里仔细端详。

"木卫二移民计划，你有兴趣？"

"我已经报名了。"重甲脸上浮出了一抹微笑，"猎户座计划委员会通过了我的申请，首批移民共有三千人，我将是其中之一。"

既然无法改变人类的本性，那就努力拓展生存空间。或许，苦难和饥饿并不会降临地球，人类终将走向太空，在茫茫宇宙中开枝散叶。

龙心兰思绪万千，一时怔怔地出了神，良久，才随口问："你要离开地球？”

“对，”重甲微笑着扬了扬手中的宣传单，“地球是人类的摇篮，但是人类不能永远生活在摇篮里。”